AF550602
rg
Bad Marienberg
Herborn
Greifenstein
Montabaur

Solveig Ariane Prusko

Scherben-Rätsel und der Mann aus der Vergangenheit

Lilly und Nikolas im Westerwald

Illustrationen von Marie Zippel

Biber & Butzemann

MIX
Papier aus verantwortungsvollen Quellen
FSC® C023164

Besuchen Sie uns im Internet unter www.biber-butzemann.de,
auf facebook.com/biberundbutzemann oder
auf instagram.com/biberundbutzemann.

Hinweis: Ausstellungen in Museen wechseln und auch bei anderen Sehenswürdigkeiten gibt es regelmäßig Veränderungen, darum sind alle Angaben ohne Gewähr.

Für Leonhard
und alle Kinder, die wissen (wollen), wie cool der Westerwald ist.

Geschwister-Scholl-Str. 7
15566 Schöneiche
1. Auflage, 2022

Bibliografische Information der Deutschen Bibliothek
Die Deutsche Bibliothek verzeichnet diese Publikation in der Deutschen Nationalbibliografie; detaillierte bibliografische Daten sind im Internet unter http://dnb.ddb.de abrufbar.

Text: Solveig Ariane Prusko
Illustrationen: Marie Zippel
Layout und Satz: Mike Hopf
Lektorat: Steffi Bieber-Geske, Britta Schmidt von Groeling
Lektoratsassistenz: Linn-Kristin Adler, Kristina Berens, Kati Bieber, Martina Bieber, Leah Hentschel, Anna Klesse, Michelle Stark
Korrektorat: Carola Jürchott
Druck- und Bindearbeiten: Longo SPA | AG, Bozen
ISBN: 978-3-95916-080-3

INHALT

EINE ÜBERRASCHUNG ZU FERIENBEGINN

„Habt ihr alles?", rief Mama, die sich im Bad für einen wichtigen Termin im Architekturbüro schick machte.

„Jaha", erwiderte Nikolas maulig.

„Wann holen uns Oma und Opa denn endlich ab? Es sollte doch sofort nach dem Frühstück losgehen. Ich hab mich extra beeilt", murrte Lilly ungeduldig und räumte ihre Kakaotasse in die Spülmaschine.

Von der bevorstehenden Reise waren die Geschwister nicht wirklich begeistert: Wanderurlaub im Westerwald mit Oma und Opa! Nichts gegen die Großeltern – die waren toll –, aber Wandern? Es gab wahrhaftig Spannenderes! Warum mussten ihre Eltern während der Herbstferien auch arbeiten?!

„Ich glaub's nicht! Guck mal, wer da aus dem Wohnmobil steigt, das gerade gegenüber geparkt hat!", sagte Nikolas verblüfft, als er aus dem Fenster sah. Auch Lilly, die gleich zum Fenster flitzte, traute ihren Augen kaum. Aus dem Wohnmobil stiegen tatsächlich Oma und Opa! Das änderte natürlich alles!

„Omi! Opi!", begrüßte Lilly ihre Großeltern stürmisch. „Das Teil ist echt cool!", meinte Nikolas voller Bewunderung für das Fahrzeug, mit dem es offenbar in den Urlaub gehen sollte.

„Da staunt ihr, was?!" Mama freute sich sehr über die gelungene Überraschung. Opa verstaute das Gepäck der Kinder im Kofferraum, in dem sich sogar ein kleiner Grill befand. Die Großeltern hatten wirklich an alles gedacht! „Dann mal los, ihr zwei. Rein ins Ferienvergnügen! Habt ganz viel Spaß", wünschte Mama, die heute wirklich besonders elegant aussah, wie Lilly fand.

„Alles klar, Mama. Viel Erfolg bei deinem Projekt! Und grüß Papa von uns!", rief Nikolas seiner Mutter noch rasch zu, ehe er ins Wohnmobil stieg. Lilly verabschiedete sich mit einer festen Umarmung von Mama, die jetzt am liebsten in bequeme Klamotten geschlüpft und mit den vier Urlaubern mitgefahren wäre, statt an der Besprechung teilzunehmen.

Opa Johann, kurz Opa Jo, nahm auf dem Fahrersitz Platz und startete das Fahrzeug. Oma Elisabeth, von allen Elli genannt, zog auf dem Beifahrersitz sofort die Schuhe aus und tauschte sie gegen dicke Socken. „Macht's euch gemütlich, Kinder", flötete sie fröhlich in den großzügigen Innenraum des Reisemobils.

Das musste sie den beiden nicht zweimal sagen! So gemütlich war eine Fahrt zum Ferienziel wohl noch nie gewesen! Das Wohnmobil war fast wie eine Mini-Ferienwohnung. Es gab eine süße Sitzecke, winzige Schränkchen, eine Küche im Mikro-Format und coole Kojen, ein irgendwie lustiges Klo und überall kleine Nischen, in denen man Verstecken spielen konnte.

Die Geschwister hatten viele Bücher, Spiele, Papier und Buntstifte mitgenommen – langweilig würde es also niemandem werden. Nikolas musste zwar sein Handy zu Hause lassen, weil es blöderweise kurz vor den Ferien kaputtgegangen und keine Zeit geblieben war, es reparieren zu lassen oder gar ein neues zu kaufen, aber er vermisste es gar nicht so sehr, wie er zuerst geglaubt hatte. „Das wird auch ohne Handy klappen und sehr schön werden", hatte Mama ihm versprochen, und sie sollte recht behalten.

EIN HEXENTURM UND EIN SCHLOSS IN HERBORN

Es begann bereits zu dämmern, als Opa das Wohnmobil auf dem Campingplatz in der Nähe der Stadt Herborn parkte. „So – wir sind da!“, schnaufte er erleichtert. Das lange Sitzen hatte ihm doch mehr zu schaffen gemacht, als er gedacht hatte. Er freute sich auf einen kleinen Spaziergang nach der Autofahrt in den Westerwald, die wegen eines Staus noch fast eine Stunde länger gedauert hatte als geplant.

„Aaah – wunderbar, diese frische Luft!“ Oma streckte sich, atmete tief ein und wieder aus. „Ich geh uns schnell anmelden“, sagte sie und machte sich auf den Weg zur Rezeption. „Warte, Omi, wir kommen mit!“, riefen die zwei inzwischen wieder munteren Ferienkinder.

Nach der Anmeldung schauten sich die drei ein bisschen um. Verschiedene Wohnmobile, aber auch Wohnwagen standen mit einigem Abstand zueinander auf dem großen, schön mit Büschen und Blumenbeeten angelegten Platz. Sie entdeckten Hinweisschilder zum Kiosk, zu den Toiletten und Duschen und zu einem Imbiss.

Der Platzwart empfahl ihnen eine gute Pizzeria um die Ecke. Tatsächlich waren sie nach der langen Anreise ziemlich hungrig, und die Pizza war richtig lecker. Lilly liebte Vier-Käse-Pizza, und diese hier war ganz besonders: Sie hatte nämlich einen Klecks Preiselbeermarmelade in der Mitte. „Das muss ich mir merken!“, sagte Lilly und leckte sich genüsslich die Finger ab.

Satt und gut gelaunt zurück am Wohnmobil, richteten Oma und Opa die Betten her, während Lilly und Nikolas darum knobelten, wer oben in der

„Dachkammer“ schlafen durfte. Bei drei Runden Schere-Stein-Papier gab es ein Kopf-an-Kopf-Rennen, doch dann siegte Lilly. Sie freute sich diebisch, denn sonst war es immer Nikolas, der in Doppelstockbetten oben schlief. Die erste Nacht im Wohnmobil war sehr aufregend! Wenn es irgendwo knackte oder der Wind um den Wagen wehte, wurden Lilly und Nikolas immer wieder sofort wach. Auch Oma konnte nicht gut schlafen. Aber das lag wohl eher daran, dass Opa so laut schnarchte.

Am nächsten Morgen erhellten Sonnenstrahlen das Innere der mobilen Ferienwohnung. Nikolas war schon putzmunter und machte sich mit Opa Jo auf den Weg zum Kiosk, um frische Brötchen zu holen.

Lilly döste noch in ihrer „Dachkammer“, während sie Oma unten mit dem Geschirr klappern hörte. Es duftete nach Kaffee und dann noch zusätzlich nach frischen Brötchen, als Opa und Nikolas zurückkamen. Da lockte der Frühstückshunger auch Lilly aus dem Bett.

„Was machen wir heute?“, fragte Nikolas unternehmungslustig und biss von seinem Marmeladenhörnchen ab. „Am besten, wir beginnen mit einem Bummel durch das schöne Herborn“, schlug Oma vor, während sie ihrem Mann eine weitere Tasse Kaffee einschenkte.

„Was gibt es denn hier zu sehen?“, erkundigte sich Lilly.

„Herborn ist eine sehr alte Stadt – um die tausend Jahre alt, mindestens! Darum sind die Häuser sehr hübsch. Ein tolles Museum soll es dort auch geben“, sagte Opa. Kurz darauf halfen alle beim Abräumen des Tisches. Oma spülte die Teller und Tassen, und Opa verstaute die Vorräte in dem kleinen Kühlschrank.

Vom Campingplatz fuhren die vier mit dem Bus bis in die Innenstadt. Der Platzwart hatte Oma einen Fahrplan gegeben, als sie das Wohnmobil am

Vorabend angemeldet hatte. Das war auch gut so, denn viele Buslinien verkehrten hier nicht – und diese im Vergleich zu Berlin auch nur selten.
„Es heißt, Herborn sei eine Stadt der Türme“, berichtete Opa. „Sechs gibt es insgesamt, und sie stammen teilweise noch aus dem 13. Jahrhundert.“
„Also aus dem Mittelalter!“ Nikolas war sofort interessiert. Schon von Weitem erspähte er den *Leonhardsturm*, den man auch „Neue Pforte“ nannte und durch den man in die Innenstadt gelangte.
„Ein Stück weiter steht der *Hexenturm*, den die Menschen früher als Gefängnisturm genutzt haben. Seht her!“ Opa zeigte ihnen den Standort des Turms auf dem Stadtplan.
„*Hexenturm*? Da wissen wir ja, wo wir Lilly hinschicken, wenn sie mal wieder rumzickt“, stichelte Nikolas.
„Auch Männer und Jungs wurden als Hexer angeklagt, wenn sie sich Feinde gemacht hatten – zum Beispiel, wenn sie ihre Schwestern als zickig bezeichnet haben“, konterte Lilly schlagfertig.
„Jetzt schaut euch lieber das schöne Rathaus an“, lenkte Oma die beiden ab.
Opa machte die Kinder auf die farbenprächtigen Wappen und die goldenen Figuren am Haus aufmerksam, die im Sonnenlicht funkelten. Die Stadtwappen und Wappen damals wichtiger Herborner Familien zeigten Geschöpfe, die halb Löwe, halb Adler waren, aber auch Männer, die aussahen wie Sultane. „Wie ein aufgeklapptes Bilderbuch sieht das aus“, fand Lilly.
„Dieses Rathaus stammt aus dem Jahr 1589. Der Schmuck an der Fassade wurde vor mehr als hundert Jahren originalgetreu wiederhergestellt. Früher tagte in diesem damals für die Bürger besonders beeindruckenden Gebäude auch das Gericht.“

„Ja. Um Hexen zu verurteilen und in den Turm zu sperren", stichelte Nikolas aufs Neue.
„Du kannst es aber auch nicht lassen heute, Junge!", ermahnte Oma ihn und kniff ihn zart in seine linke Wange.
Doch Lilly ließ sich nicht ärgern. Sie ignorierte ihren Bruder einfach und erforschte weiter die Umgebung. „Seht mal, da vorn!", sagte sie mit leuchtenden Augen. „Da ist eine Eisdiele!"
„Gut, lasst uns da mal eine Pause machen und ein Eis essen. Dann kann sich Nikolas ein bisschen abkühlen", willigte Opa ein und zog dabei eine Augenbraue hoch.
In der angenehm warmen Sonne sitzend, erzählte der Großvater den Stadtbummlern, dass in dieser hübschen Fachwerkstadt einst viel Handel getrieben wurde. Aus dieser Zeit stammten auch viele Straßennamen wie Kornmarkt, Holzmarkt und Schuhmarkt.

Nachdem alle ihre Eisbecher ausgelöffelt hatten, entschied Oma, das Schloss und die *Hohe Schule* zu besuchen. „Früher gab es hier Vorlesungen für Studenten, später wurde die Schule als Druckerei genutzt. Heute ist sie ein Museum, und zwar ein ziemlich lebendiges ...", raunte Opa den Geschwistern zu.
„Und da gehen wir jetzt hin!", verkündete Oma, während sie sich mit der Serviette die letzten Sahnereste aus den Mundwinkeln wischte. „Das Schloss selbst kann man leider nicht besichtigen. Dort ist das Theologische Seminar untergebracht, in dem evangelische Pfarrerinnen und Pfarrer ausgebildet werden."
Bis zur *Hohen Schule* waren es nur ein paar Schritte. Das Museum war wie eine Wohnung aus längst vergangenen Zeiten gestaltet.

Eine nette ältere Dame überreichte ihnen freundlich lächelnd die Eintrittskarten. „Viel Spaß bei eurem Ausflug in die Vergangenheit“, wünschte sie den vier Besuchern. „Taucht ein in die Geschichte unserer Stadt. Hier werden Handwerk, Handel, Wohnkultur und Bildung der Studenten und Professoren von einst wieder lebendig ...“, versprach sie.
Und tatsächlich: Manchmal wirkte es so lebendig, als würde gleich jemand zur Tür hereinkommen und schimpfen, weil man sich die Schuhe nicht ausgezogen hatte, bevor man die gute Stube betrat.
Eine Standuhr tickte laut. Opa bewunderte zuerst die Taschenuhr an der Jacke der elegant gekleideten Schaufensterpuppe und dann einige in einem Schaukasten, während Oma mit leuchtenden Augen ein altes Waffeleisen betrachtete. „Oh, so eines hatte meine Oma noch!“, schwärmte sie. „Das sieht unserem heute aber echt ähnlich! Früher hat man also auch schon Waffeln in Herzform gebacken“, stellte Lilly fest, die ein paar Minuten später mit Nikolas die Rüböl-Kanne bestaunte. „Was ist das, Opa?“, fragte Nikolas seinen Großvater, nachdem der sich endlich von den Uhren losgerissen hatte. Jo wusste keine Antwort. Die nette Mitarbeiterin des Museums trat heran und gab Auskunft: „Solche Kannen standen in Läden und enthielten Öle, wie hier eben Rüböl, das ihr wohl eher unter dem Namen Rapsöl kennt. Kunden konnten eine beliebige Menge in ihre mitgebrachten kleineren Kannen oder Krüge abfüllen. Die Menge wurde abgemessen und dann bezahlt. Heute findet dieses System in Unverpackt-Läden Anwendung.“ „Cool! Dann ist das gar keine neue Idee, ohne Verpackung einzukaufen“, sagte Nikolas. „Sondern stammt aus der guten alten Zeit, ganz genau!“, ergänzte die Dame. Am lustigsten fanden die Geschwister aber die Doppelschaukel, bei dem zwei Schaukelstühle aneinandergebaut waren, sodass sich die

Schaukelnden gegenüber saßen und sogar je ein schmales Tischbrett vor sich hatten.

Es wurde ein so ereignisreicher wie lustiger Tag. Als sie am Abend zum nächsten Campingplatz weiterfuhren, nickten Lilly und Nikolas schon auf ihren Sitzen im Wohnmobil ein.

GLOCKEN IN GREIFENSTEIN

„Guten Morgen, ihr Schlafmützen!“, schallte es durchs Wohnmobil. „Heute wird gewandert“, kündigte Oma Elli an und kitzelte Nikolas an den Füßen, die unter seiner Bettdecke hervorlugten.

Obwohl beide Kinder noch etwas müde waren, krochen sie langsam aus ihren Betten und saßen nach einer kurzen Dusche im Wohnmobil am Frühstückstisch. Oma hatte Rührei mit Tomaten und Schnittlauch gemacht, und der Duft machte den beiden Langschläfern Appetit.

„Ein See! Wir campen an einem See!“, stellte Lilly begeistert fest, als sie aus dem Fenster schaute.

„Wo sind wir hier, Opi?“, wollte Nikolas wissen, während er sich etwas von dem leckeren Rührei auf seinen Teller lud.

„Wir sind gestern Abend noch zur *Ulmbachtalsperre* gefahren. Sie liegt mitten in der Natur. Rund herum sind grüne Hügel, seht ihr?“ Er zeigte aus dem kleinen Fenster über dem Esstisch, an dem sie saßen. „Und da drüben, das ist Greifenstein. Damit der Ort und die Dörfer in der Umgebung nicht überschwemmt werden, wenn es viel regnet, haben die Greifensteiner hier ein Hochwasser-Rückhaltebecken, also einen Stausee, angelegt. Der sammelt das Wasser, wenn es zu viel wird“, erklärte ihnen der Großvater.

„Greifenstein?“ Nikolas grübelte angestrengt nach. Dann fiel es ihm wie Schuppen von den Augen! „Lilly, da waren wir doch schon mal! Hier in der Gegend haben wir unsere Rad- und Kanu-Tour mit der Jugendfreizeit gemacht.“

Lilly schaute ihn verdutzt an und schluckte ihr Rührei hinunter. „Ja, du hast recht! Unsere Sommerferien an der Lahn! Das war vielleicht ein Abenteuer mit YouTube-Star Cora und dem Filmdreh! Und auf *Burg Greifenstein* waren wir da auch und haben uns die Glocken angeschaut."
„Das ist ja ein schöner Zufall", sagte Opa schmunzelnd. „Dann könnt ihr Oma und mir sicherlich schon einiges über die Burg und die Glockenwelt erzählen, denn das wird heute auch eine Zwischenstation auf unserer Wanderung werden. Wir haben uns den *Drei-Burgen-Wanderweg* ausgesucht. Eine schöne Strecke über Wald- und Feldwege. "
Der Campingplatz lag am Ufer eines kleinen Stausees, direkt an der *Ulmbachtalsperre* ganz im Osten des Westerwaldes. Am liebsten hätten Lilly und Nikolas diesen Tag am See verbracht, zumal hier viele Familien mit Kindern Ferien zu machen schienen. „Wollen wir nicht lieber am Stausee bleiben?", bat Lilly.
„Dafür haben wir später noch genug Zeit", meinte Oma. „Wir bleiben für einige Tage hier."
„Ok, super!", freute sich Lilly und kramte ihre Wanderschuhe hervor, zog sie flink an, und dann ging es auch schon los.

Nach eineinhalb Stunden erreichten sie ihr erstes Zwischenziel: die *Burg Greifenstein.*
„Die Burg hat eine der wenigen Doppelkirchen Deutschlands", erinnerte sich Nikolas, als sie den Weg zur Burg erklommen und die zwei Türme sahen, die nebeneinander in den Himmel ragten.
„Was war nochmal eine Doppelkirche?", wollte Lilly wissen.
„Bei einer Doppelkirche befinden sich zwei Kirchen in einem Gebäude", erklärte Oma.

„Genau“, stimmte Opa zu. „Stellt euch vor: Unter der prachtvollen Barockkirche liegt die ältere *Katharinen-Kapelle*. Die ist eine sogenannte ‚Wehrkirche‘ mit seltenen Fresken, Schießscharten und Kasematten.“ Er hatte fleißig den Reiseführer studiert.
„Eine Kirche mit Schießscharten!“, rief Nikolas erstaunt. „Und was sind Kasematten?“
„Das sind Hohlräume in Festungsmauern, die als Lagerstätten für Munition, aber auch als Gefängnis genutzt wurden“, erklärte Opa beim Betreten des Kirchengebäudes, das auch militärisch genutzt wurde.
Das hier war ganz und gar Nikolas’ Welt. Fasziniert stellte er sich vor, wie Ritter den Angriff eines feindlichen Fürsten mit Geschossen durch die schmalen Schießscharten abwehrten. Warum musste Oma denn nur so zur Eile drängen? Zu gern wäre er noch viel länger geblieben. Obwohl – dann hätten sie die Führung durch *die Glockenwelt* verpasst, die als Nächstes auf dem Programm stand und zu der Oma Elli gern pünktlich sein wollte.
„Die Glockenwelt von *Burg Greifenstein* ist mit über einhundert Glocken wohl die bedeutendste Glockensammlung Deutschlands“, begann der Museumsmitarbeiter die Führung. Ein Rundgang durch die tausendjährige Geschichte des Glockenbaus führte die Gäste zu berühmten Glocken aus aller Welt.
Lilly, Nikolas und die Großeltern lernten die unterschiedlichsten Glockenfunktionen kennen. Sie erfuhren, wie ihre verschiedenen Formen auf der ganzen Welt klingen. Lilly erinnerte sich sogar daran, wie eine Glocke hergestellt wurde. „Beim letzten Ausflug hierher wurde uns erklärt, dass eine Form aus Lehm im Boden eingelassen wird, in die man flüssige Bronze gießt.“
Einige Glocken durften sie auch selbst zum Klingen bringen: Kuhglocken, Kirchenglocken, Feuerwehrglocken und viele mehr. Beeindruckend

waren die Klangwellenbilder, die als bunte Wellenlinien durch einen Glockenschlag per Beamer an die Kuppel des Museums geworfen wurden. Kleinere Kinder konnten an der „Glockenmäuse-Museumsrallye" teilnehmen. In einer Nische gab es zum Beispiel ein Röhrenglockenspiel und ein Klangmemory zu entdecken. Leider war diese Nische wirklich nur

für sehr kleine Besucher erreichbar. Lilly und Nikolas versuchten vergeblich, sich dort hineinzuquetschen.
Zum Schluss erzählte der Museumsmitarbeiter die Sage von Greifenstein: „In uralter Zeit, als es den Ort und die *Burg Greifenstein* noch nicht gab und diese Gegend von vielen großen schwarzen Gesteinsbrocken übersät war, nistete hier ein Greifvogelpaar. Die Tiere hatten riesige Schwingen und sahen furchterregend aus. Ihre Lieblingsspeise waren die Eier der Saurier, die damals ebenfalls hier hausten. Die Saurier-Eier hatten eine Schale, die hart wie Beton und nur zu knacken war, wenn die Vögel große Steine darauf fallen ließen. Eines Tages war das Greifvogelweibchen wieder einmal zur Nahrungssuche unterwegs und kreiste in großen Bögen über dem Tal in der Nähe des heutigen Herborns. Mit einem Mal sahen die Tiere etwas Helles aufblinken. Tatsächlich! Da lag inmitten von Farn und Moos ein riesiges Sauriernest mit vielen verlockenden Eiern. Sogleich eilte das Vogelweibchen mit wildem Flügelschlag wieder zurück zum Nest. Bald fing es laut an zu kreischen und dem Männchen zuzurufen: ‚Greif 'n Stein, greif'n Stein!'. Das hörte ein Mann, der in dieser Gegend lebte, und er erzählte seinen Kindern und Enkeln davon. Diese gaben es weiter, und später erzählten auch die Kelten und die Germanen diese Geschichte. Irgendwann hörten auch die Westerwälder davon, und sie nannten diesen Ort ‚Greifenstein'. Diesen Namen hat er bis zum heutigen Tag."
Lilly und Nikolas lachten. Die Geschichte war ganz offensichtlich erfunden, denn dass Saurier, Greifvögel und Menschen nicht zur gleichen Zeit gelebt hatten, wusste nun wirklich jedes Kind.
Grinsend verließen sie die kühlen Räume der Burg. Wieder draußen in der wärmenden Sonne, verteilte Oma Kekse und Obst, ehe sich die vier zurück auf den gut ausgeschilderten *Drei-Burgen-Wanderweg* begaben.

EINE UNERWARTETE BEGEGNUNG AN DER BURG BEILSTEIN

„Greifenstein ist die waldreichste Gemeinde von ganz Hessen“, eröffnete Opa Jo die gemeinsame Wanderung.

Dann steuerte die Truppe langsam, aber zielsicher auf die *Burg Beilstein* zu. „Na, habt ihr Lust auf ein bisschen Gesteinskunde?“, fragte Opa in die Runde. Nikolas stimmte natürlich sofort zu. Er liebte Mineralien! „Dann lasst uns einen Abstecher in den *BASALT-PARKours* machen“, gab der Großvater die Richtung vor.

Hier konnte man anhand der Info-Tafeln wirklich viel über das Gestein Basalt lernen, fand Nikolas. Kugelbasalt entstand zum Beispiel beim Austritt von Lava. Durch die Abkühlung kam die unregelmäßige Form zustande. Der stückige Basalt wurde größtenteils in Brecheranlagen zerkleinert, um die dabei entstehenden größeren Steine anschließend zu Steinwolle, Schotter, Splitt und Sand zu verarbeiten. Diese Materialien wurden im Straßen- und Hausbau, neuerdings auch häufiger im Landschaftsbau und zur Gartengestaltung, verwendet.

„Die würden sich wirklich gut im Steingarten machen“, überlegte Oma Elli laut. „Keine Angst, mein lieber Jo, ich möchte sie nicht mit nach Hause nehmen“, beruhigte sie lieb lächelnd ihren Mann, der schon ein bisschen nervös aussah.

Lilly gefiel, dass man auf fast allen Ausstellungsstücken herumklettern durfte. Es gab Trockenmauern aus Basaltfelsen, Kugelbasalthaufen, aber auch einen Basaltbrunnen, aus dem kühles Wasser plätscherte. Hier wären die Kinder gern länger geblieben, inzwischen war es jedoch schon Nachmittag geworden.

Die vier verließen den *BASALT-PARKours* und rasteten an einem Picknickplatz. Die Großeltern genossen den Blick auf die *Burgruine Beilstein,* während sich die Kinder am Ufer des Ulmbachs im kühlen Wasser erfrischten. Bald schon waren Lilly und Nikolas in ihr Spiel vertieft.

„Lilly! Nikolas! Wir wollen weiter!", rief Oma etwas später zum Aufbruch.

Lilly kam sofort angesprungen. „Schau mal, Omi, was für schöne Steine ich am Bachufer gesammelt habe!", präsentierte sie Oma und auch Opa eine Handvoll kleiner, runder, platter Steine, die vom Wasser ganz glatt gerieben worden waren.

„Wo ist Nikolas?", fragte Opa nach.

„Ich weiß nicht. Ist er denn nicht da?", entgegnete Lilly.

„Offensichtlich nicht", gab Opa zur Antwort.

„Sonst würden wir ja nicht fragen!", kommentierte Oma.

„Nikolas!", rief Opa nochmals in Richtung Waldrand, wo sich auch der Bach befand. Nichts. Keine Antwort. Wo war Nikolas?

Dieser war unterdessen ein Stück flussabwärts gelaufen. Plötzlich hörte er ein Knistern. „Lilly?", fragte er in den Wald hinein. Er bekam keine Antwort.

Das Knistern wurde zu einem Knacken. ‚Vielleicht sind hier Pilzsammler unterwegs', dachte sich Nikolas, denn die richtige Jahreszeit dafür war es ja. Er hatte auch schon einige Prachtexemplare von Schirmpilzen entdeckt. Eigentlich wollte er seine Großeltern fragen, ob sie nicht welche für das Abendessen mitnehmen könnten.

Da war es wieder – das Knacken von Ästen. „Das wird doch wohl hoffentlich kein Wildschwein sein“, sprach Nikolas leise zu sich selbst.

Nein, es war ... ein Junge, der im Gehölz herumstromerte und ihn beobachtete.

„Hey, bleib doch mal stehen!“, forderte Nikolas den Fremden auf, der sich hinter der dicken Wurzel eines umgestürzten Baumes versteckte. „Komm raus, ich seh’ dich doch!“

Dann endlich wagte sich der Junge aus seiner Deckung hervor. „Hui Wäller!“, grüßte er. Doch Nikolas verstand nicht und schaute den Jungen irritiert an. „Hui Wäller! Du bist nicht von hier, oder?“, vermutete der Junge.

„Nein, wieso?“

„Weil ein Westerwälder immer antworten würde ‚Allemol!'"

„Aha", stutzte Nikolas. „Und was bedeutet das genau?"

„Na, so viel wie: ‚Hallo Westerwälder!' Antwort: ‚Auf jeden Fall!'", klärte der Junge Nikolas auf und fuhr fort: „Der Westerwälder Heimatdichter Adolf Weiss hat diesen Gruß erfunden. Er lebte von 1860 bis 1938. Hier ganz in der Nähe wurde ein Denkmal für ihn errichtet. Eine Schutzhütte für Wanderer steht gleich daneben. Den Gruß hat Adolf Weiss von einem Gedicht abgeleitet, für das er 1913 einen Preis bei einem Wettbewerb bekam. Das weiß ich so genau, weil ich vor drei Wochen einen Vortrag über den Dichter halten musste. Pass auf!" Der Junge stellte sich vor Nikolas auf, breitete die Arme aus, holte tief Luft und zitierte mit lauter Stimme:

„Das Hui hat mich der Sturmwind gelehrt,
wenn wild über unsere Heiden er fährt.
Und Wäller wir ja allzumal sind –
Wir trotzen dem Regen, dem Schnee und dem Wind!

Okay, ich hab mich verlaufen", sagte er dann. „Papa hat wieder mal ewig lange Vögel beobachtet, das war mir zu langweilig. Dann bin ich zum Bach gelaufen, und auf einmal war ich irgendwo und hab den Rückweg zu Papa, geschweige denn zum Campingplatz, nicht mehr gefunden."

„Na, dann ist es doch gut, dass ich dich gefunden habe." Nikolas grinste breit. „Komm mit, wir müssen nur dem Bachlauf folgen, dann finden wir meine Schwester und meine Großeltern. Dann kommst du mit uns zurück zum Campingplatz, wir machen da nämlich auch Urlaub. Wie heißt du eigentlich?", fragte Nikolas den Verlorengegangenen.

„Ben. Und du?"

„Nikolas", erwiderte dieser und bewunderte den schönen Stock, den Ben sich gesucht hatte.

„Nikolas! Niiikooooolaas!“ Die beiden Jungs hörten, wie Elli, Jo und auch Lilly in den Wald brüllten.
„Hier!“, rief der Gesuchte. „Wir sind hier!“ Beide Jungs rannten los, um innerhalb weniger Minuten am Picknickplatz anzukommen.
„Mensch, Junge! Wo warst du denn?“, fragte Opa ihn streng.
„Wir haben uns solche Sorgen gemacht!“, ergänzte Oma.
„Und was heißt überhaupt ‚wir‘? Wen hast du denn dabei?“, zischte Lilly, die sauer auf ihren Bruder war, weil die Wanderung sich jetzt wirklich in die Länge zog.
„Das ist Ben. Er hat sich verlaufen“, erklärte Nikolas.
Die nunmehr fünf Wanderer machten sich auf den Rückweg zur *Ulmbachtalsperre*. Unterwegs erzählte Ben die ganze Geschichte: warum er sich verlaufen hatte, warum er sich überhaupt abgesetzt hatte und dass sein Vater ein leidenschaftlicher Hobby-Ornithologe war, also Vögel erforschte. Interessiert hörten die anderen ihm zu.
Als sie am Abend endlich am Campingplatz ankamen, brachten sie zuerst Ben zum Wohnwagen seines Vaters. Dieser war schon ganz verzweifelt, und man sah seinen Augen an, dass er geweint hatte. Er schloss seinen Sohn fest in die Arme und wusste in diesem Moment nicht, ob er schimpfen oder doch noch einmal weinen sollte – diesmal jedoch vor Freude und weil er so unglaublich dankbar war, seinen Sohn wohlbehalten zurückbekommen zu haben.
Der Vater stellte sich als Sascha Seifen vor und lud alle zu Currywurst und Pommes ein. Sie redeten noch lange an diesem Abend, bis Oma zu gähnen anfing und sich daraufhin alle in ihre mobilen Unterkünfte zum Schlafen zurückzogen.

EIN TAG AM STAUSEE

Die Wanderung am Vortag war definitiv zu lang für Lilly gewesen. Sie mochte solche langen Wanderungen einfach nicht. Insbesondere der Rückweg hatte gefühlt eine Ewigkeit gedauert, denn es hatte keinen für sie interessanten Stopp mehr gegeben. Außerdem waren Nikolas und Ben ein Herz und eine Seele, und sie fühlte sich ein wenig ausgeschlossen.

Während die Großeltern an diesem Tag den *Westerwaldsteig* erwandern und sich Wacholderwälder bei Wetternohe anschauen wollten, nahmen die Enkel das Angebot von Herrn Seifen gern an, mit ihm und Ben einen Tag am See zu verbringen.

Zu Lillys Freude wollte später auch Frau Seifen mit ihren Töchtern Lina und Mia dazukommen. Genau genommen hieß Herrn Seifens Frau Stefanie Limbach-Seifen, und die Mädchen waren nicht die leiblichen Schwestern von Ben. „Wir sind eine sogenannte Patchwork-Familie", hatte Herr Seifen berichtet. Ben war sein Sohn, Lina und Mia die Töchter von Stefanie Limbach-Seifen. Die beiden Mädchen hießen nur Limbach mit Nachnamen und nicht Seifen. Aber die fünf machten trotzdem den Eindruck einer Familie, die schon immer zusammengehört hat. Lina war etwa so alt wie Nikolas, Mia und Ben in Lillys Alter.

Die fünf Kinder aalten sich in der Sonne, die heute besonders warm schien. „Wie wär's mit einem Eis?", bot Stefanie, die von ihrem Mann und Ben meistens Steffi genannt wurde, an. Natürlich gab es ein einstimmiges „Ja!" Vanille, Banane, Schoko – jedes Kind bekam sein Wunscheis und sie schleckten um die Wette.

„Hört mal“, unterbrach Sascha das harmonische Eisessen. „Steffi und ich wollen morgen nach Oberdreis zu einer Demo gegen den Bau von Windkraftanlagen auf dem Gelände der alten *Tonzeche*. Kommt ihr mit, oder schließt ihr euch lieber den Großeltern von Lilly und Nick an?“ Sascha nannte Nikolas einfach „Nick“. Dieser wusste allerdings noch nicht so richtig, ob er das doof oder cool finden sollte.
„Gegenfrage: Was unternehmen eure Großeltern denn morgen?“, wandte sich Lina an ihre neuen Urlaubsbekanntschaften.
„Keine Ahnung“, erwiderte Nikolas schulterzuckend. „Auch ´ne Gegenfrage, oder eigentlich zwei: Warum wollt ihr gegen die Windkraftanlagen demonstrieren, und was ist die alte *Tonzeche*?“
„Lasst uns das am besten heute Abend besprechen. Was meint ihr – wollen wir zusammen grillen?“, schlug Steffi vor. Alle waren sofort einverstanden.

Am Nachmittag spielten sie Mau-Mau und Stadt-Land-Fluss und rieten Begriffe, die die anderen Mitspieler zeichneten. Als es langsam Abend wurde, bereiteten Sascha, Ben und Nikolas am Wohnwagen der Seifens den Grill vor. Währenddessen machten sich Stefanie, Lina, Mia und Lilly auf zum Supermarkt.
Im Nu war der Einkaufswagen voll mit Milch, einem Kasten Mineralwasser, Kopfsalat, Tomaten, grünen Gurken, Möhren, Paprikaschoten, Auberginen, Zucchini, Kartoffeln, Zwiebeln, Champignons und Knoblauchknollen. Auch Marshmallows durften nicht fehlen. Die mussten selbstverständlich auch gegrillt werden, beschlossen die Mädchen einstimmig.
„Was ist mit Grillwürstchen?“, fragte Lilly vorsichtig an.
„Fleisch und Wurst holen wir beim Bio-Metzger“, antwortete Steffi. „Da fahren wir gleich noch vorbei.“ Sie kannte sich in dieser Gegend offenbar

gut aus. Kein Wunder, denn sie und Sascha lebten schon immer hier im Westerwald. Das ließ sich sogar an ihren Nachnamen erkennen, wie Mia den Urlaubern erklärte. „Die Menschen heißen hier oft wie die Orte. Limbach und Seifen sind zwei Dörfer im Westerwald."

Der Garten der großen Erdgeschosswohnung, in der die beiden Familien vor einigen Jahren zusammengezogen waren, war allerdings recht klein. Daher verbrachten die Naturliebhaber die Wochenenden und Ferien oft auf dem Campingplatz an der Talsperre.

Als die vier Einkäuferinnen zurückkamen, stiegen auch Oma und Opa gerade aus dem Bus. „Omi! Opi! Kommt gleich mit, ihr könnt uns tragen helfen! Wir grillen heute Abend!", rief Lilly aufgeregt.

Die Großeltern wussten gar nicht, wie ihnen geschah, da hatten sie schon Baumwolltaschen voll Gemüse und Grillfleisch in den Armen.

„Darf ich mich vorstellen“, ging Stefanie auf das ältere Paar in Wanderschuhen zu. „Ich bin Stefanie Limbach-Seifen, sagen Sie bitte einfach ‚Steffi‘. Sie müssen die Großeltern von Lilly und Nikolas sein.“ Freundlich lächelnd reichte sie ihnen die Hand.

„Ja, das sind wir. Und Sie sind die Mutter von Ben?“, erkundigte sich Elli.

„Sozusagen, ich bin die Bonus-Mutter“, bejahte Steffi, die den Mineralwasserkasten schleppte.

„Ich pack mit an“, sagte Opa Jo, und gemeinsam trudelten alle sechs am Wohnwagen von Familie Seifen ein. Die Großeltern freuten sich sehr über das Abendessen in Form eines Barbecues. Oma bereitete noch rasch einen Stockbrotteig zu, und bald saßen alle um den Kugelgrill am wärmenden Feuer.

„Wart ihr schon mal auf einer Demo, Opi?“, fragte Nikolas.

„Oh ja, Junge! Wir haben gegen Kernkraftwerke demonstriert und wer weiß, was noch alles. Wieso willst du das wissen?"
„Morgen findet eine Demo gegen den Bau von Windkraftanlagen statt", berichtete Sascha. „Meine Frau und ich möchten daran teilnehmen, und unsere Kinder möchten auch mitkommen."
„Lasst uns da doch auch hingehen, Omi und Opi! Das wird bestimmt interessant!", regte Lilly an.
„Das mag sein", sagte Elli und schüttelte dann doch zögernd den Kopf, „aber eigentlich sind wir aus dem Alter raus."
„Sind Windkraftanlagen nicht was Gutes?", warf Jo ein. „Es handelt sich doch dabei um erneuerbare Energien."
„Wie man's nimmt", sagte Steffi. „Wenn man vorhat, Riesen-Windräder mitten in ein zukünftiges Naturschutzgebiet zu bauen, dann ist das weniger gut."
„Zumal dort viele Zugvögel unterwegs sind. Kraniche zum Beispiel", ergänzte Sascha, der anfing, Brotteigklumpen kunstvoll um die Stöcke zu wickeln, die Ben und Nikolas gesammelt und zurechtgeschnitzt hatten.
„Kraniche?" Lilly und Nikolas horchten auf. Sie hatten auf Rügen viel über Kraniche erfahren und sogar geholfen, ein verwaistes Kranichkind großzuziehen. Wer hätte gedacht, dass sie von diesen faszinierenden Vögeln auch hier hören würden!
„Ja, eine größere Gruppe", bestätigte Sascha. Ben verdrehte leicht genervt die Augen. Er fand es langweilig, Vögel zu beobachten. Doch jetzt war es zu spät. Sein Papa war mitten in seinem Lieblingsthema.
Ben selbst wollte lieber mehr über die Windräder erfahren. Er war ein Technikfreak. Mühlenräder, Wasser- und Windräder, Zahnräder – das waren seine Themen. Und etwas später kam er auch zu Wort: „Wusstet ihr, dass der Flügel eines Windrades so groß ist wie ein ganzer Lkw?"

Ben holte seinen Zeichenblock und Stifte aus dem Wohnwagen und zeichnete die Funktionsweise einer Windkraftanlage auf. Er war wirklich ein Windrad-Profi und wusste wohl alles darüber, wie Lilly und Nikolas staunend feststellten.

„Wind entsteht aus einem Zusammenspiel von Sonnenenergie, Erdrotation und geologischen Gegebenheiten", erklärte er. „Das Coole dabei ist: Wind ist kostenlos! Andererseits weht ja nicht immer Wind, und Windenergie lässt sich nicht speichern. Es gibt außerdem Nachteile, zum Beispiel die lauten Geräusche der mächtigen Rotorblätter", schränkte Ben ein.

„Durch die rotierenden Teile kommt es auch dazu, dass Vögel dagegen fliegen und getötet werden. Zugvögel können dadurch in ihrer Orientierung gestört werden. Und wenn die Windräder an der Küste oder sogar im Meer stehen, gilt das genauso für Fische und andere Meeresbewohner."

Nach den technischen Ausführungen seines Sohnes erläuterte Sascha genauer, warum solche Windräder teilweise schlimme Folgen haben konnten: „Zugvögel orientieren sich per Echolot. Wenn sie plötzlich etwas orten, was vorher nicht auf ihrer seit Vogel-Generationen bekannten Strecke liegt, glauben sie, sich verflogen zu haben, und ändern daraufhin ihre Richtung. Wenn ihre Kräfte zu Ende gehen und sie eine Pause machen müssen, ist der Ort, den sie sonst immer für eine Rast genutzt haben, nicht mehr da. Sie können nicht landen. Oder dort, wo sie zwischenlanden, entspricht der Lebensraum nicht ihren Bedürfnissen. Sie finden vielleicht nicht genug

Nahrung und müssen verhungern. Durch solche Irrflüge geraten immer wieder ganze Vogelkolonien in Not und verenden irgendwo im Meer oder in der Wüste. Was viele wahrscheinlich auch nicht wissen, ist, dass bei Windkraftanlagen mit Direktantrieb meistens ein Stoff namens Neodym als Magnet verwendet wird. Bei der Gewinnung von Neodym entstehen giftige Abfallprodukte, die teilweise auch radioaktiv sind. In Abbaugebieten wie China, in denen kaum Wert auf Umweltschutz gelegt wird, sind ganze Regionen verseucht." Über das Thema hätten sie sicher noch ewig diskutieren können, aber nach dem Essen löste sich die Tischgesellschaft langsam auf, und alle halfen beim Aufräumen.

„Also, wie sieht es nun morgen aus?", fragte Steffi, während sie mit Elli zusammen das Geschirr spülte.

„Also ehrlich gesagt, hab ich ja nicht so große Lust dazu, aber bitte verstehen Sie das nicht falsch, das Thema ist natürlich wichtig", stellte Oma Elli klar. „Für die Kinder wäre das allerdings bestimmt ein interessantes Erlebnis."

„Das ist überhaupt kein Problem! Für Mia, Lina und Ben ist es toll, wenn sie andere Kinder dabeihaben", fand Steffi Limbach-Seifen. „Gehen Sie mit Ihrem Mann ruhig wandern – wir nehmen die Kinder mit zur Demo nach Oberdreis, und später treffen wir uns zum Mittagessen. Gegen 13 Uhr im See-Restaurant am *Dreifelder Weiher*? Dort könnten wir Tretboote ausleihen. Was meinen Sie?"

„Klingt perfekt!" Elli strahlte und hängte das feuchte Geschirrtuch zum Trocknen auf. In einer Schüssel gab ihr Steffi noch Reste vom Kartoffelsalat und ein paar Würstchen mit. Lilly und Nikolas waren mit Opa schon zum Wohnmobil gegangen. Als Oma ankam, schliefen die Kinder bereits.

DIE DEMO IN OBERDREIS

„Kartoffelsalat mit Würstchen zum Frühstück ist mal was anderes!", rief Nikolas am nächsten Morgen vergnügt. Auch Lilly ließ es sich schmecken.

„Na? Alles klar zum Abflug?", erkundigte sich Steffi kurz darauf, die gut gelaunt hinter dem Wohnmobil hervorlugte. Ihr Mann hatte seinen VW-Bus inzwischen zu einem Siebensitzer umgebaut. „Dann mal los – rein mit euch!", sagte Sascha und überprüfte noch schnell, ob alle angeschnallt waren.

Nach einer einstündigen, aber sehr lustigen Autofahrt erreichten sie ihr Ziel. Es hatten sich schon einige Umweltdemonstranten am Treffpunkt *Tonzeche* eingefunden.

Die Stimmung war dem sonnigen Wetter entsprechend angenehm entspannt. Eine Art Pinnwand gab Auskunft über Windkraftanlagen. An einem Stand konnte man sich über den südlich angrenzenden *Naturpark Rhein-Westerwald/Wiedtal* informieren. Im Gegensatz zu Naturschutzgebieten steht in dem Naturpark der Erhalt einer durch den menschlichen Einfluss entstandenen, artenreichen Kulturlandschaft im Vordergrund, erfuhren die Kinder.

An einem anderen Stand gaben Mitglieder der Naturschutzorganisation NABU Auskunft über Zugvögel und andere selten gewordene Tierarten, die man auf dem Gebiet der alten *Tonzeche* noch finden konnte. Dazu zählte auch der Rotmilan. Diese Vogelart begann sich hier im Westerwald endlich wieder anzusiedeln. Einen erneuten Rückgang der Vogelzahl wegen der geplanten Windkraftanlagen wollten die Menschen hier nicht riskieren.

RETTET DIE
VÖGEL

WINDKRAFT? JA!
TONZECHE? NEIN!
NATURSCHUTZ!
Wir den Westerwald
KEINE
INDKRAFT
IN DER
ONZECHE!

Während ihrer ersten Demo entdeckten Lilly und Nikolas aber auch so manche interessante Station wie den *Quarzitbruch-Weiher*. „Hier wurde früher einmal Quarzit, ein Naturgestein mit sehr hohen Quarzgehalten, ‚geschossen' – so nannte man die Art des Steinabbaus. In den ausgedienten Steinbrüchen sind idyllische Weiher entstanden, an denen sich mittlerweile zahlreiche Vogel- und Amphibienarten tummeln", erzählte Steffi. „Viele ehemalige Tongruben dienen heute als Rückzugsort für Tiere. Früher wurde hier weißer, roter und blauer Ton abgebaut. Hier gab und gibt es auch eine besonders feine Tonerde. Dieser Ton wird unter Fachleuten ‚weißer Hafener' genannt. Vielleicht haben das schon die Kelten genutzt, um Tongefäße oder Schmuck zu gestalten." Als Keramikerin kannte sich Steffi gut mit Ton aus.

„Die Kelten?" Nikolas wurde neugierig.

„Ja. Seht mal, in dieser Richtung bei Lautzert liegen zwei alte keltische Hügelgräber!" Steffi zeigte mit beiden Armen Richtung Norden. „Es gibt übrigens auch einen schönen Wanderweg, den Themenweg ‚Rund um Oberdreis'. Den könnt ihr ja mit euren Großeltern mal erwandern und dabei die Hügelgräber bewundern", regte sie an.

Aber so wild aufs Wandern waren weder Nikolas noch Lilly. Sie ließen sich lieber von Ben ablenken, der etwas gefunden zu haben schien.

„Was hast du da?", erkundigte sich Nikolas, nachdem er sich durch die Menge anderer interessierter Kinder gedrängelt hatte. „Eine Scherbe, guck mal!" Ben zeigte seinem neuen Freund eine hellgraue Tonscherbe, auf der mit blauen Linien ein Tier gezeichnet war.

„Sieht aus wie ein Kranich ...", fand Nikolas.

„Ja, nicht? Das haben wir uns auch gleich gedacht", stimmte ein anderer Junge zu.

„Ist die wertvoll?“, fragte Mia dazwischen.

„Ich weiß nicht, aber das wäre cool, oder?“, sagte Ben.

„Wo hast du sie gefunden? Vielleicht finden wir noch mehr davon!“ Lilly war nun angesteckt von der Begeisterung über die Tonscherbe.

„Da! Da hinten!“, rief Ben und lief los. Mia, Lina, Lilly und Nikolas, dazu zwei weitere Jungs und ein Mädchen folgten dem Finder der Scherbe. Am Fundort angelangt, durchforsteten die acht Kinder die Gegend. Sie blieben zurück und liefen Gefahr, den Anschluss an die Demo zu verpassen.

„Hey! Wo bleibt ihr denn?“, schrie Sascha in Richtung Tongrube.

„Wir kommen gleich!“, entgegneten Lilly und Lina wie aus einem Mund.

„Aber schnell! Sonst verlieren wir die Gruppe!“, forderte der Vater zur Eile auf.

„Lasst uns morgen weitersuchen!“, schlug Ben vor. „Ich frage Nadine, ob sie mitkommt.“

„Na klar! Nadine! Tolle Idee!“, stimmte Lina überzeugt zu.

„Wer ist Nadine?“, wollte Lilly wissen.
„Sie leitet die ‚Nature Kids‘. Wir sind einmal im Monat mit ihr unterwegs zu den Themen ‚Natur‘, ‚Naturwissenschaft‘ und so weiter. Das macht total Spaß! Nadine kennt sich super in Sachen Natur aus, sie ist Sachkundelehrerin“, erklärte Lina.
Dann rannten sie eilig zu den anderen Demonstranten.
Die Demo löste sich nach einem Zwei-Kilometer-Marsch am Zielpunkt Roßbach auf. Eine Frau von der örtlichen Zeitung interviewte noch zwei Mitarbeiter des Naturschutzbundes NABU.
Inzwischen war es nach 12 Uhr mittags. Mia, Lina und Lilly sprangen auf ihre Sitze, nachdem Ben und Nikolas hinten auf der letzten Bank im VW Platz genommen hatten. „Ab zum *Dreifelder Weiher*!“ Sascha gab das Startzeichen und fuhr mit bester Laune vom Parkplatz.
„Habt ihr Hunger?“, fragte Steffi nach hinten.
„Aber sowas von!“, gab Nikolas zur Antwort und strich sich mit der Hand über seinen Bauch, der schon laut knurrte.
Als sie am See-Restaurant am *Dreifelder Weiher* ankamen, saßen Elli und Jo schon auf der Terrasse und genehmigten sich eine Apfelschorle. Sie hatten einen großen Tisch für alle neun besetzt. „Endlich! Es war gar nicht so einfach, diesen Tisch für alle freizuhalten“, kommentierte Opa erleichtert über die Ankunft der sieben anderen.
„Wie war's?“, fragte Oma.
„Interessant!“, platzte Lilly sofort heraus. „Und morgen, Omi und Opi, möchten wir nochmal hin, und wir ...“
Bevor Lilly ihren Satz zu Ende sprechen konnte, kam die Kellnerin und bat um die Bestellung. „Schnitzel mit Pommes“, sagte Nikolas sofort. Dieser Bestellung schlossen sich alle an.

„Neunmal Schnitzel mit Pommes, bitte", bestellte Sascha. „Und Sie können, glaube ich, auch noch siebenmal die große Apfelschorle bringen."

Gesättigt und zufrieden fielen Oma und Opa später in ihre Stühle zurück. Auch Steffi sah reichlich geschafft aus. Die Kinder aber freuten sich schon die ganze Zeit auf das Tretbootfahren auf dem *Dreifelder Weiher* und bestanden auf diese erfrischende Abwechslung. Kurzerhand erklärten sich die Großeltern sehr gern bereit, mit den Kindern eine Tretboottour zu unternehmen. Während Jo sich mit Ben und Nikolas ein Boot teilte, schipperten die drei Mädels mit Elli los, ganz gemäß der sogenannten „Westerwälder Sitzordnung": die Männer und Jungs auf der einen, die Frauen und Mädchen auf der anderen Seite.

Als nach einer Stunde alle wieder auf der Terrasse des Restaurants „Haus am See“ eintrudelten, bestellten die Erwachsenen für sich Kaffee, die Kinder bekamen Eis.

Dann berichtete Nikolas von der Demo und dass die Gegend dort echt interessant sei und er mit Ben auf jeden Fall noch einmal dorthin zurückwollte. Lilly erzählte vom Fund der Scherbe und brachte auch Nadine ins Gespräch. Es stellte sich heraus, dass Stefanie Limbach-Seifen und Nadine Ramseger sehr gut miteinander befreundet waren. Nachdem Elli und Jo einem möglichen Ausflug am folgenden Tag zugestimmt hatten, rief Steffi also Nadine an, um zu fragen, ob sie Zeit hätte, denn sie selbst und Sascha hatten für den folgenden Tag andere Pläne. „Nadine ruft gleich zurück“, lautete Steffis Auskunft nach einem nur kurzen Telefonat.

In der Zwischenzeit erzählten Oma und Opa von ihrer Wanderung entlang des *7-Weiher-Weges*, die auch ganz schön spannend gewesen war. „Ratet mal, was wir alles gesehen haben“, forderte Elli die anderen auf.

„Auf jeden Fall wohl Wasser ...“, witzelte Nikolas.

„Aber was für hübsche Seen und Bachläufe! Wir haben viele Tiere beobachtet, sogar einen seltenen Grasfrosch!“, schwärmte Oma. „Zum Glück hatte Opa sein Fernglas dabei, sonst wäre uns die riesengroße Kranichkolonie entgangen. Denn mit dem Fernglas konnten wir die eleganten Vögel ganz nah sehen.“

„Kraniche, echt?“ Sascha war erstaunt. „Jetzt schon? Das ist eigenartig. Es ist noch so warm, und trotzdem ziehen die Kraniche womöglich schon gen Süden ...“

„Vielleicht sind sie ja noch da“, erwog Jo. „Wollen wir nachschauen gehen?“

„Au ja, Opi! Das machen wir! Dann haben wir heute einen richtigen Kranich-Tag“, rief Lilly freudig.

KRANICHE AM BRINKENWEIHER

Sie machten sich auf zum *Brinkenweiher*, der nicht weit entfernt lag. Lilly und Nikolas fanden den Wanderweg wirklich toll. Auch Ben, Lina und Mia mochten diese abwechslungsreiche Strecke, die über einen Holzbohlenpfad zu einer Aussichtsplattform führte.

„Hier." Opa reichte sein Fernglas an Sascha weiter. „Sind sie noch zu sehen?", fragte er den Hobby-Ornithologen.

Dieser suchte die Gegend mit dem Fernglas ab. Dann flüsterte er: „Ja – dort! Ich sehe sie!"

„Warum flüsterst du denn?“, wunderte sich Mia. „Du kannst doch ganz normal sprechen. So weit, wie die Kraniche von uns entfernt im Wasser stehen, werden die uns bestimmt nicht hören können.“ Alle lachten. Da hatte Mia recht.

Steffi schlug vor, noch bis zum Waldspielplatz in einem Ort namens Steinen zu laufen. Das Wetter war großartig, und der Spielplatz war im Nu erreicht. Mitten im Wald gab es einige tolle Geräte zum Schaukeln und Klettern. Am coolsten war aber die lange Rutschbahn mit all den kleinen Kurven. Wieder und wieder sausten Mia, Lina und Lilly diese Bahn hinab und kraxelten den Hügel dann immer wieder hinauf.

Nikolas und Ben transportierten lieber Sand in den Holzbehältern, die an Flaschenzügen befestigt waren und vom Kletterturm herabhingen. Die Jungs überlegten unter sich, wie sie die Suche nach den Scherben und die Ausgrabungen am nächsten Tag genau angehen würden. Falls Nadine überhaupt Zeit hatte ...

In diesem Augenblick kam Steffi zum Sandkasten und teilte den Nachwuchs-Archäologen mit, dass sich ihre Freundin am kommenden Vormittag gern Zeit nehmen würde. „So, Treffpunkt morgen um 10 Uhr, *Tonzeche* in Oberdreis. Nadine erwartet euch dort!“

„Jippi!“ Die Jungen freuten sich sehr und gaben sich gegenseitig ein High Five.

Die Wandergruppe trat schließlich den Rückweg zum „Haus am See“ bei Dreifelden an. „Das ist total schön hier, Omi und Opi“, schnurrte Lilly. „Können wir nicht morgen wieder hierher?“

„Aber ihr habt doch morgen schon was anderes vor“, erinnerte Oma die Kinder an ihre Verabredung mit Nadine.

„Aber ja nur am Vormittag“, stellte Lilly richtig.

„Was haltet ihr denn davon, wenn wir hier übernachten?“, fragte Opa und neigte vielsagend den Kopf.
„Echt jetzt?“, fragte Nikolas ungläubig.
„Echt“, bestätigte Opa. „Wir sind nämlich heute Vormittag mit dem Wohnmobil hierhergekommen und haben einen Stellplatz gemietet. Und einen Zeltplatz dazu. Wir dachten, vielleicht möchtet ihr mit Ben, Mia und Lina zusammen zelten...“, lud er die Kinder ein.
„Oh ja, oh ja, Mama! Papa? Dürfen wir?“, flehten die drei neuen Freunde ihre Eltern an.
„Alles klar, in Ordnung! Dann können wir zwei getrost unserer Arbeit nachgehen. Ihr müsst nur zusehen, wie ihr morgen nach Oberdreis zur *Tonzeche* kommt ...“, meinte Steffi mit einem Zwinkern.
„Aber ich treffe mich doch morgen mit Marie zum Reiten“, wandte Lina ein. „Das ist ja blöd, was soll ich denn jetzt machen?“ Einerseits wollte sie schon mit zu dieser Expedition in die alte Zeche. Andererseits wollte sie das Reiten nicht verpassen. „Also, du musst dich jetzt entscheiden, Lina“, drängte ihre Mutter.
„Ok, ich fahre mit Marie zum Gestüt. Ihr könnt mir ja dann erzählen, ob ihr noch mehr rätselhafte Scherben gefunden habt“, murmelte Lina.
„So passt ihr auch locker in einen normalen PKW. Dann kann ich euch zur alten *Tonzeche* bringen. Die liegt nämlich auf dem Weg Richtung Koblenz, wo ich morgen einen Termin habe. Vielleicht kann euch Nadine ja auf dem Rückweg mitnehmen. Fragst du sie gleich mal?“, bat Sascha.
„Mach ich“, antwortete seine Frau und griff sofort nach ihrem Handy.
„Dann mal los“, rief der Familienvater. „Wir drei machen uns jetzt auf den Weg. Viel Spaß beim Zelten!“

AUF DEN SPUREN RAIFFEISENS

Als sie am nächsten Vormittag auf dem Gelände der *Tonzeche* in Oberdreis eintrafen, um ihre Suche nach weiteren Tonscherben fortzusetzen, war Nadine schon da.

Ben fiel sofort etwas auf. „Seht ihr das? Diese Spuren waren gestern noch nicht da." Der junge Forscher zeigte auf Abdrücke von großen Schuhen.

„Bist du sicher?", fragte Nikolas zweifelnd.

„Absolut sicher. Ich kann mich genau erinnern. Hier war nichts außer Erde, Staub und meine Scherbe", versicherte Ben.

„Ist doch egal, dann war eben nach uns noch jemand hier. Kann doch einer der Demonstranten gewesen sein", meinte Mia.

Aber Ben war nicht so schnell zu besänftigen. Er fürchtete um seine möglicherweise wertvollen Funde. „Ist gar nicht egal!", protestierte er. „Ich will schon wissen, was hier los ist, wenn ich vielleicht einen Schatz gefunden habe!"

„Hm. Soweit ab von der Demo-Strecke ...", bezweifelte Lilly. „Das kann ich mir, ehrlich gesagt, auch nicht vorstellen. Was wollte der Mann hier?"

„Ihr macht aus einer Mücke einen Elefanten, Leute", fand Mia. „Und woher willst du überhaupt wissen, dass das ein Mann war?", wandte sie sich an ihre neue Freundin.

„Guck dir doch die Abdrücke mal an: Die sind riesig und stammen höchstwahrscheinlich alle von denselben Schuhen! Das MÜSSEN Männerschuhe gewesen sein!", stand für Lilly fest.

„Sagt mal ... War dieses Absperrband gestern schon da?", fragte Nikolas.

Er war bis zum Waldrand gegangen, um dort nach spannenden Funden zu suchen. „Betreten auf eigene Gefahr“, stand in Handschrift auf einem Schild, das an einen Pfosten genagelt war. Und dieser Pfosten war offenbar gerade erst in die Erde gerammt worden.
„Was ist los? Habt ihr was gefunden?“, rief Nadine aus einiger Entfernung. Sie bemühte sich, die Kinder nicht aus den Augen zu verlieren, wollte sie aber in Ruhe forschen und entdecken lassen.
„Nö, leider nicht“, erwiderte Mia.
„Eigentlich doch“, widersprach Ben. „Kannst du mal kommen?“, bat er Nadine.
„Klar, was gibt's denn?“
„Dieses komische Absperrband ...“ Nikolas zeigte auf das Band und das Schild. „Ist das hier nicht ein Naturschutzgebiet? Jedenfalls hat man uns das gestern so erklärt“, meinte er. „Da müsste ein passendes Schild stehen und nicht so ein handgeschriebenes und auch nicht so ein neongelbes Band. Wenn, dann müsste das doch rot-weiß gestreift sein.“
„Eigenartig. Ja, da hast du recht. Es ist ein Naturschutzgebiet. Na ja, es soll erst noch offiziell eins werden“, schränkte die ortskundige Nadine ein. „Das ist es ja gerade. NOCH ist es nicht offiziell zum Naturschutzgebiet erklärt worden. Daher strengt sich die Windkraft-Gesellschaft besonders an, die Genehmigung für den Bau neuer Anlagen möglichst rasch zu bekommen, ehe es doch noch zum Schutzraum wird“, erörterte sie.
Ab jetzt konzentrierten sich die fünf Nachwuchs-Archäologen nicht mehr nur auf das Aufspüren von alten Tongefäßen. Sie verfolgten zusätzlich auch die Spuren der vermeintlichen Herrenschuhe. Vielleicht konnten sie herausfinden, woher die Abdrücke kamen, wohin sie führten und wem die dazu passenden Schuhe gehörten. Irgendetwas war hier faul!

Plötzlich nahm Nikolas eine Gestalt im Gebüsch wahr. „Hey! Ist da jemand?“, rief er in den Wald hinein.

„Hast du jemanden gesehen?“, erkundigte sich Nadine.

„Ich weiß nicht genau, aber ich glaube, da war jemand“, mutmaßte Nikolas.

Dann erblickten auch die anderen den grauhaarigen Mann, der die Flucht über das Gelände bis zum Parkplatz ergriff, dort in einen Oldtimer stieg und davonfuhr.

„Das war ja eigenartig!“ Nadine war verblüfft. „Der sah aus wie Raiffeisen!“

„Was ist denn Raiffeisen?“, fragte Lilly vollkommen ahnungslos.

„WER, nicht WAS!“, prustete Ben los.

„Na gut: WER ist Raiffeisen?“, korrigierte sie ihre Frage.

Seit dem „Raiffeisen-Jahr“ 2018 wusste wohl jeder im Westerwald, wer Friedrich Wilhelm Raiffeisen gewesen war. 2018 hatte man den

200. Geburtstag dieses Mannes gefeiert, der im 19. Jahrhundert viele soziale Projekte betrieben und einen maßgeblichen Einfluss auf die ländliche Entwicklung ausgeübt hatte. Kein Schulkind war in diesem Jahr an dem Thema vorbeigekommen. Daher wussten Ben und Mia auch so gut Bescheid und weihten ihre Freunde ein.

„Ich fand ja, der sah aus wie eine der Wachsfiguren aus dem Museum in Herborn", meinte Lilly und sah ihren Bruder an. „Erinnerst du dich?"

„Stimmt. Als sei er lebendig geworden und aus dem Museum entwischt", bestätigte Nikolas.

„Es wird langsam Zeit", unterbrach Nadine das Gespräch. „Ihr findet hier vermutlich sowieso nichts mehr. Wollt ihr mehr über Herrn Raiffeisen erfahren? Wenn ihr Lust habt, können wir über Flammersfeld zurück zum Zeltplatz fahren. Dort steht das *Raiffeisenhaus*", schlug sie vor und griff gleichzeitig nach ihrem Smartphone, um nach den Öffnungszeiten des Museums zu suchen.

Was für eine Frage! Natürlich wollten Lilly und Nikolas den Umweg über Flammersfeld machen! Die drei Westerwälder Kinder kannten das zwar alles schon, gingen aber gerne mit, denn jetzt sahen sie das Thema „Raiffeisen" mit anderen Augen.

„Das kleine, aber bildhübsche Fachwerkhaus beherbergt heute ein interessantes kleines Museum. Von 1848 bis 1852 arbeitete Friedrich Wilhelm Raiffeisen hier als Bürgermeister", informierte Nadine die Kinder, als sie am *Raiffeisenhaus* ankamen.

Szenen aus dem damaligen Leben und auch der junge Herr Raiffeisen selbst waren in diesem Museum sehr realistisch dargestellt, sodass sich Lilly und Nikolas gleich wieder auf eine Zeitreise begeben konnten. Nadine führte die Kinder durch die Räume und erzählte dazu so lebendig, dass sie sich alles richtig gut vorstellen konnten: „Friedrich Wilhelm Raiffeisen wurde 1818 in Hamm an der Sieg geboren. Er war das siebte von neun Kindern des Landwirtes und damaligen Bürgermeisters Gottfried Raiffeisen und seiner Frau Amalia. Friedrich lebte bis zu seinem 17. Lebensjahr in Hamm. Die Menschen in dieser Gegend waren oft sehr arm, so auch Familie Raiffeisen. Wie es früher üblich war, gingen die Söhne, wenn sie nicht den Hof der Eltern übernahmen oder Pfarrer wurden, zum Militär. Auch Friedrich trat in die Preußische Armee ein. Später wechselte er wegen eines Augenleidens in die Verwaltung und wurde wie sein Vater Bürgermeister. Er arbeitete in Weyerbusch und Flammersfeld."

„Klingt bisher nicht sehr spannend", räumte Nikolas ein. „Was macht den Mann denn so wichtig für den Westerwald?"

„1852 übernahm er eine Stelle in der Nähe von Neuwied, wo er mehr Geld verdiente, aber auch mehr Aufgaben zu bewältigen hatte. Er musste sich um alle möglichen Dinge kümmern wie allgemeine Verwaltung – wie heute eben die Leute, die im Rathaus arbeiten, aber auch um Geldangelegenheiten, Fragen zu Recht, Sicherheit und Ordnung, Schule und Kultur, Soziales, Jugend, Gesundheit, Baumaßnahmen, Wirtschaft und Verkehr, ja sogar um die Aufsicht entlassener Strafgefangener und die Betreuung verwahrloster Kinder. Er richtete eine Almosenkasse, also eine Art Spendentopf, ein, woraus zum Beispiel Kleider und Schuhe für sehr arme Menschen bezahlt wurden. Raiffeisen setzte sich für die Menschen hier auf dem Land ein wie bisher niemand sonst. Das macht ihn so besonders", erklärte Nadine.

Weil die Kinder interessiert zuhörten, fuhr sie fort: „Von Anfang an bemühte er sich um eine bessere Schulbildung der Landbevölkerung. Oft fehlten geeignete Schulhäuser – der Unterricht fand in gemieteten Wohnungen oder in Kirchen statt. Außerdem sorgte Raiffeisen für eine geregelte Bezahlung der Lehrer."

„Schaut mal, hier steht was von Viehversicherungsvereinen. Was ist das, Nadine?", wollte Lilly wissen.

„Nun, die wurden gegründet, um die Bauern zu unterstützen. Gegen einen geringen Geldbetrag, den die Bauern regelmäßig in den Verein einzahlten, erhielten sie vom Verein dann im Notfall Geld für krankes oder gestorbenes Vieh. Raiffeisen sorgte außerdem für eine bessere Hygiene bei der Wasserversorgung in den Dörfern, um die Verbreitung von Krankheiten zu verringern, die die Menschen auch oft in die Armut führte."

Im nächsten Raum standen die „Raiffeisenstraßen" im Mittelpunkt. Vor allem Nikolas wollte mehr darüber wissen. „Was hat es denn damit auf sich?"
Jetzt antwortete Ben, der in der Schule einen kurzen Vortrag zu diesem Thema gehalten hatte und diesen fast wortgetreu wiedergab: „Der Bau und Ausbau von Straßen und Wegen waren Raiffeisen ebenfalls sehr wichtig. Die bis dahin sandigen Hauptstraßen bekamen einen neuen, steinigen Belag, der auch bei Regen und Schnee fest blieb und nicht, wie sonst, zu Matsch wurde. Das ermöglichte das Befahren der Straßen zu allen Jahreszeiten und unter allen Wetterbedingungen. Die sogenannten ‚Raiffeisenstraßen' sind bis heute erhalten geblieben und sogar als solche beschildert. Sie führen bis an die Ufer des Rheins: Eine endet bei Bad Honnef, die andere bei Neuwied."
„Richtig. Sehr gut, Ben!", lobte ihn Nadine und beendete die Führung mit ein paar letzten Infos: „All das erreichte Raiffeisen mit Hilfe von Genossenschaften. Das sind Unternehmen mit Bürgerbeteiligung. Die heutigen Raiffeisen-Baumärkte stammen noch aus dieser Zeit. Nur sind sie inzwischen keine Genossenschaft mehr, sondern ein klassisches Unternehmen. Die Raiffeisen-Banken sind dagegen immer noch Genossenschaften."
„Hammertyp, dieser Raiffeisen, oder?" Nikolas war echt begeistert.
Alle verließen nun das Museum und nahmen in Nadines Auto Platz. „Dann kutschieren wir jetzt doch mal ein Stück auf der Raiffeisenstraße entlang", kündigte die Fahrerin an. Die Kinder sahen diese Straße jetzt mit ganz anderen Augen. Sie versuchten, sich vorzustellen, wie es früher hier wohl ausgesehen haben mochte.
In einem Ort namens Weyerbusch parkten sie und spazierten zum *Raiffeisen-Zentrum*. „Rein können wir heute nicht", bedauerte Nadine.

„Aber ich wollte euch einfach noch eine Station aus dem Leben Raiffeisens zeigen, ehe wir da vorn gleich ein Eis essen gehen. Natürlich nur, wenn ihr wollt“, bot die Lehrerin an, die an diesem Tag Reiseführerin war. Nachdem sich die Gruppe das alte *Raiffeisen-Backhaus* – man sagte hier „Backes“ – angeschaut hatte, freuten sich alle auf die leckeren Eisbecher, die hier in gigantischer Auswahl angeboten wurden. 
„Zeig mir doch mal deine Scherbe, Ben“, bat Nadine. „Dann bekomme ich wenigstens den Anlass für unsere Expedition zu Gesicht, die jetzt quasi zum lebendigen Geschichtsunterricht rund um Raiffeisen geworden ist.“
Ben wühlte in seiner Hosentasche und legte seinen Fund auf den Tisch.
„Sieht toll aus! Hast du die schon Steffi gezeigt? Die kennt sich doch mit Keramik aus. Vielleicht ist deine Scherbe ja wertvoll“, spekulierte Nadine.
„Stimmt! Auf die Idee hätte ich auch selbst kommen können“, sagte Ben und klatschte sich mit der flachen Hand an die Stirn.
„Ja! Frag sie!“, stimmte Nikolas zu. „Wir sehen sie doch gleich, wenn sie euch am Campingplatz abholt.“
„Oder zeltet ihr heute noch mal mit uns?“, warf Lilly ein und wirbelte dabei ihren langen Eislöffel durch die Luft.
„Oh, das wär cool!“, meinte Mia. „Wir fragen gleich, wenn wir da sind!“

Als Nadine mit den Kindern am Wohnmobil von Opa und Oma ankam, badete Elli ihre Füße in einer Schüssel voll warmem Kamillenwasser. Jo weichte die Wandersocken in einer anderen Schüssel ein, in die er etwas vom Reisewaschmittel gegeben hatte. „Na, ihr Ausflügler! Wie war's?", fragte er vergnügt.

„Es war Bombe, Opi! Wir müssen mal nach Hamm! Heute waren wir in Flammersfeld und Weyerbusch beim Raiffeisen", sprudelte Nikolas los. Dann ergänzte Lilly: „Und wir waren Eis essen in einer suuuper Eisdiele, und heute wollen wir wieder zelten wegen der Scherbe und ..."

„Stopp!", unterbrach Elli ihre Enkelin, die den Wortschwall ihres Bruders fortsetzte. „Wovon redet ihr? Wir dachten, ihr wart heute noch mal in der *Tonzeche*, und jetzt erzählt ihr uns von einem Raiffeisen und Orten, die wir bisher nur aus unseren Büchern kennen."

„Omi, Omi, Omi – das erklären wir euch alles heute Abend. Wir waren ja auch in der Zeche, aber dann war da ein Mann, der aussah wie dieser Herr Raiffeisen, und dann sind wir zurück über Flammersfeld gefahren", berichtete Lilly aufgeregt.

„Habt ihr euch denn schon bei Frau Ramseger bedankt?", erinnerte Elli sie.

„Danke, Nadine, danke! Das war so toll heute!" Die vier Abenteurer überfielen ihre Begleiterin regelrecht mit Umarmungen.

„Schon gut, ihr Süßen. Mir hat's auch sehr viel Spaß gemacht mit euch!", bekannte die Lehrerin, die für wissbegierige Kids immer etwas übrig hatte. „Jetzt muss ich mich leider von euch verabschieden. Es wartet da noch ein bisschen Arbeit auf mich", sagte sie und winkte noch einmal, bevor sie an der Ecke zum Parkplatz verschwand.

Hier blieb sie erstaunt stehen. War das nicht dieser elegante Oldtimer, mit dem heute der seltsame Mann geflüchtet war? Nadine näherte sich dem Oldtimer und blickte hinein. „Schick", meinte sie schmunzelnd. Von dem Mann aber gab es keine Spur. Weit und breit war niemand zu sehen. Da ihr Termin näher rückte, fuhr sie los.

Steffi kam gegen 18 Uhr zusammen mit Lina zum Campingplatz am *Dreifelder Weiher*. Sie brachten zwei große Auflaufformen mit leckerer Lasagne mit. „Oh, wie fein!", freute sich die erschöpfte Oma, die ihre Füße gerade abtrocknete.

„Das muss Gedankenübertragung gewesen sein. Euch schickt der Himmel!", begrüßte auch Opa die beiden. „Wir haben schon überlegt, was wir heute Abend essen sollen, denn wir haben nach unserer Wanderung heute überhaupt keine Lust mehr, irgendwo hinzugehen", schnaufte er. „Und die Kinder sind auch k.o."

„Na, dann hat Sascha ja alles richtig gemacht", entgegnete Steffi und stellte die Lasagne auf den Campingtisch vor dem Wohnmobil.

„Sascha hat gekocht?", fragte Oma Elli.

„Oh ja! Er ist der Koch von uns beiden. Ich backe dafür besser."

„Oh, fast hätte ich's vergessen! Steffi, kannst du dir bitte mal die Scherbe anschauen, die ich gestern gefunden habe?", fiel Ben den Erwachsenen ins Gespräch.

„Gerne, lass mal sehen", sagte sie und betrachtete das Fundstück. Gespannt beobachteten die Kinder jede Regung der Keramikerin, die die Scherbe bewunderte. „Wow, Ben! Das ist wirklich interessant! Darf ich die morgen mit ins Museum nehmen, um sie näher zu untersuchen?"

„Äh, ja, klar, logisch!", rief Ben überrascht. In der folgenden Nacht konnte er vor Aufregung kaum ein Auge zumachen, obwohl er wieder zu Hause in seinem bequemen Bett lag. Das mit der erneuten gemeinsamen Zelt-Übernachtung war leider wegen organisatorischer Probleme verworfen worden.

AUSFLUG INS MITTELALTER IN HACHENBURG

Am nächsten Morgen war Steffi auf dem Weg zum *Deutschen Keramikmuseum* in Höhr-Grenzhausen. Sie betrat das Labor, schaltete das Licht an und holte die sorgsam verpackte Scherbe aus ihrer Umhängetasche. Wenn es das war, was sie glaubte, wäre das eine Sensation! Ihr Herz schlug vor Aufregung etwas schneller ...

Währenddessen saßen Lilly und Nikolas entspannt am Frühstückstisch vor dem Wohnmobil und genossen die warme Vormittagssonne. „So, ihr wollt also nach Hamm?“, fragte Oma, während sie den Tisch abzuräumen begann.

„Ja, unbedingt! Wir wollen gern noch mehr über diesen Friedrich Wilhelm Raiffeisen erfahren. In Hamm gibt es nämlich noch ein Museum, also eigentlich sogar zwei“, antwortete Nikolas euphorisch.

„Ich wusste gar nicht, dass ihr so verrückt nach Museen seid“, bemerkte Opa leicht verwundert. „Aber ich habe einen schönen Wohnmobil-Stellplatz in der Nähe von Hamm ausfindig gemacht. Er liegt gleich an einem Naturschwimmbad, dem *Waldschwimmbad Thalhausermühle*. Zum Baden ist es zwar jetzt schon ein bisschen zu kalt, aber der kleine See ist sicher trotzdem schön“, sagte er überzeugt. „Es gibt dort allerdings erst ab morgen einen freien Platz, daher schlage ich vor, dass wir heute gemeinsam die schöne Stadt Hachenburg erkunden. Dort gibt es übrigens auch ein Museum, das *Landschaftsmuseum*. Es sieht aus wie ein mittelalterliches Dorf. Was meint ihr?“

„Klingt super!“ Lilly war sofort begeistert.

„Cool!", fand auch Nikolas.
In Hachenburg angelangt, stellte Opa das Fahrzeug am Rande eines großen Parkplatzes unterhalb des schönen gelben Schlosses ab. Das besagte Museum befand sich gleich gegenüber, und es war auch nicht weit bis zur Innenstadt.
„Hachenburg ist die kleinste Hochschulstadt im Bundesland Rheinland-Pfalz, wusstet ihr das?", leitete Opa den Stadtspaziergang ein. Natürlich hatte er sich vorher schlau gemacht.
Schon von Weitem erblickten sie das prachtvolle Schloss, das einst Residenz der Grafen von Sayn gewesen war. „Heute studieren hier Leute, die in einer Bank arbeiten möchten", erklärte Opa ihnen.
„Schau mal, da oben!", bestaunte Lilly das herrschaftliche Gebäude hoch über Hachenburg.
„Schön, nicht? Besichtigen kann man es leider nicht. Aber dafür ist die Stadt selbst wunderhübsch." Oma lächelte.
Die historische Innenstadt lud mit zahlreichen, sehr bunten Fachwerkhäusern zum Bummeln durch Geschäfte ein, die die Fußgängerzone säumten. „Mir gefallen die schmalen, verwinkelten Gassen am besten", gestand Nikolas.
„Hier gibt es doch bestimmt Stadtführungen", vermutete Lilly. „Bestimmt. Seht mal – da vorn ist die Tourist-Information. Ich frage gleich mal nach", sagte Oma und stiefelte los. Nach nur zehn Minuten kam sie freudestrahlend wieder und wedelte mit vier Tickets in der Hand. „Wir haben Glück! Heute Abend um 18 Uhr gibt es noch Plätze für eine mittelalterliche Stadtführung für Familien mit Kindern."
Jetzt besuchten sie aber erst einmal die Dauerausstellung zur 700-jährigen Stadtgeschichte im Rathaus. Hier lernten sie einiges über Hachenburg, zum

Beispiel, dass der Ort seit dem Jahr 1314 mit Stadtrechten ausgestattet war und sich im Mittelalter zu einer blühenden Handelsstadt entwickelt hatte. „Den Mittelpunkt der Stadt bildet bis heute der *Alte Markt* mit zwei großen Kirchen und dem Marktbrunnen aus der Zeit des Barock“, erzählte Opa, nachdem sie das Rathaus verlassen hatten und durch die Stadt schlenderten.

„Seht ihr den Löwen oben auf dem Brunnen? Er ist das Wahrzeichen Hachenburgs“, erklärte er. Rund um den Markplatz befanden sich Cafés und Restaurants, die bei dem schönen Wetter Tische und Stühle draußen aufgestellt hatten. Die kleine Reisegruppe spazierte durch die kleinen, alten Gassen an sehr schmalen, aber hübsch bunten Fachwerkhäusern entlang. Die vier bewunderten die mit Blumen, Milchkannen oder Holzmöbeln dekorierten Eingänge und üppig blühende Blumenkästen an kleinen Fenstern.

„Nach so viel Stadtgeschichte habe ich jetzt aber echt Hunger“, sagte Nikolas, als sie wieder auf den Marktplatz gelangten.
„Das geht uns wohl allen so“, meinte Oma und lud sie in ein gemütliches Café zu einem Stück Kuchen und einer Tasse Kakao ein.
„Bis zur Stadtführung haben wir noch viel Zeit. Was haltet ihr von einem Besuch im *Landschaftsmuseum*?“, schlug Opa vor.

Als die vier dort ankamen, war die Überraschung groß, denn sie sahen am Eingang ein bekanntes Gesicht. Nadine war auch da – zusammen mit einer Kindergruppe, die an einem Workshop teilnehmen wollte. „Hey! Na, das ist ja ...! Was macht ihr denn hier?“, fragte die „Nature-Kids“-Betreuerin erstaunt.
„Zwischenstopp auf dem Weg nach Hamm. Und du?“, fragte Lilly zurück.
„Wir machen einen Workshop. Vom Korn zum Brot. Wollt ihr mitmachen?

Ich hätte noch Plätze frei, weil ein paar Kinder kurzfristig abgesagt haben“, bot Nadine an.

„Ja – cool! Super gerne! Äh, wenn das geht, Oma und Opa?“, bat Nikolas seine Großeltern.

„Wie lange dauert dieser Workshop denn?“, wollte Oma wissen.

„Ungefähr zwei Stunden“, erwiderte die Workshop-Leiterin, die gerade dazugekommen war.

„Gut, das passt. Dann bleibt ihr hier bei Nadine im Museum, und Oma und ich schauen uns derweil den *Klostergarten* und die *Kirche von Marienstatt* an. Das liegt nur wenige Kilometer außerhalb. Wir sind rechtzeitig wieder hier, um euch abzuholen. In Ordnung?“, fragte Opa.

„Klaro. Voll in Ordnung!“ Die Geschwister freuten sich riesig und waren im Handumdrehen mit den anderen Workshop-Teilnehmern unterwegs zum Brotbacken.

Als Oma und Opa die Kinder zur mittelalterlichen Stadtführung abholten, waren diese außer Rand und Band. Sie hatten einen richtig tollen Tag mit den anderen Kindern im *Landschaftsmuseum* verbracht, in dem es sogar eine alte Schule gab. Diese sah so echt aus, dass man denken konnte, gleich kämen die Schüler aus dem 19. Jahrhundert von der Pause wieder hereingerannt, um auf ihren Schiefertafeln die Rechenaufgaben zu lösen, die mit Kreide an der alten Tafel angeschrieben waren.

Lilly und Nikolas redeten wild durcheinander und berichteten aufgeregt, dass sie mit Pflug und Egge gearbeitet und verschiedene Getreidesorten kennengelernt, Korn gedroschen, die Spreu vom Weizen getrennt und Letzteren schließlich zwischen schweren Mühlsteinen zu Mehl gemahlen hatten. Lillys Pulli und Hose zeigten noch eindeutige Spuren vom Mehlmahlen. Sie war ganz weiß eingepudert.

Oma gab ihr Bestes, um Lillys Kleidungsstücke halbwegs sauber zu bekommen, ehe sie pünktlich um kurz vor sechs – es dämmerte schon fast – auf dem Marktplatz auf die Stadtführerin warteten. Da kam sie auch schon: Sie trug ein mittelalterliches Kleid mit einem Umhang aus dickem Wollstoff. Ihr Haar war zu einem Zopf geflochten, und sie hatte eine Haube auf dem Kopf.

„Seid gegrüßt, ihr lieben Leute!", begann die nette Dame, die sich als Hildegunde von Hachenburg vorstellte, im wirklichen Leben aber Petra hieß. Vieles von dem, was sie berichtete, hatte ihnen Opa zwar schon aus dem Reiseführer erzählt, aber in Petras – beziehungsweise Hildegundes – Worten klang die Stadtgeschichte einfach viel lebendiger und spannender. Sie erzählte von der Bedeutung des Marktbrunnens: dass sich hier die Menschen trafen, um ihr Wasser für den täglichen Bedarf zu holen, denn früher gab es keine Wasserleitungen bis in die Häuser. Das Brunnenwasser sollten die Menschen jedoch damals wie heute auf keinen Fall trinken, da es kein Trinkwasser war und Keime enthalten konnte, die giftig waren. Ein Abwassersystem hatte es ebenfalls nicht gegeben, auch keine Toiletten, wie wir sie heute kennen.

Hildegunde verwies auf die immer noch sichtbaren Rinnen im Straßenpflaster, durch die das stinkende Abwasser geflossen war. Jeder hatte die Töpfchen, die damals auch Erwachsene im Haus benutzten hatten, einfach auf der Straße ausgekippt, genauso wie Abfälle. Eine Müllabfuhr hatte es auch nicht gegeben, stattdessen jede Menge Ratten. Kein Wunder,

dass die Pest sich damals so arg ausbreiten konnte! Dann demonstrierte die Stadtführerin, wie das mit den Springsteinen gewesen war. Diese waren ins Straßenpflaster eingefügt worden, etwas höher als die anderen Pflastersteine, sodass sie ein Stück herausragten.
„So kann ich von Stein zu Stein springen, ohne dass meine Stiefel und mein Kleid schmutzig werden, seht ihr?“, sagte Hildegunde und hüpfte lachend umher.
„Wie bei unserem Hüpfe-Spiel, nur dass wir Kreidefelder auf den Bürgersteig malen“, meinte Lilly. „Was haben die Kinder eigentlich damals so gespielt?“, fragte sie gleich noch hinterher.
Daraufhin holte Hildegunde einige Spielsachen aus ihrem Korb. Eigentlich waren es aber nur Stöckchen und Steine.
„So richtiges Spielzeug, wie ihr es heute kennt, gab es im Mittelalter nicht“, stellte Hildegunde klar. „Die Kinder dieser Zeit waren sehr arm, und Mädchen hatten sowieso nichts zu lachen. Sie mussten im Haushalt und auf dem Hof beim Vieh helfen. Bildung war den Männern vorbehalten, und wenn mal ein Mädel schlau war, dann hieß es gleich, es sei eine Hexe!“, erzählte sie und machte dabei abwehrende Bewegungen mit ihren Armen.
„Im Mittelalter möchte ich nicht gelebt haben“, gab Lilly zu.
„Das glaub ich dir gern, Mädchen!“ Hildegunde lachte und erklärte ihren Gästen als Nächstes die Bauweise der Fachwerkhäuser, die der Innenstadt ein so malerisches Aussehen verliehen: dass sie kleine Fenster hatten, um den Wärmeverlust im Winter gering zu halten, dass es nur einen Raum gab, der mit offenem Feuer geheizt wurde, nämlich die Küche, und dass die Schlafzimmer oft über dem Stall lagen, weil das Vieh auch noch etwas Wärme abgab. So fror man nicht ganz so sehr in der Nacht. Dann entfachte die Mittelalterdame ein echtes Feuer – ein „Bierdeckelfeuer“ nannte sie es.

Und die kleine Wärme tat gut, denn es war nach Sonnenuntergang wirklich frisch geworden.

„Vielen Dank, dass ihr heute meine Gäste wart. Ich wünsche euch noch eine schöne Zeit in Hachenburg“, verabschiedete sich Petra und schenkte jedem einen bemalten Kiesel zur Erinnerung und zum Hüpfen-Spielen.

„Die Führung war megacool! Danke schön!“, lobte Nikolas, der genauso begeistert wie Lilly und die Großeltern war.

Nachdem sie den Weg zum Parkplatz, auf dem das Wohnmobil stand, nun im Dunkeln zurückgelegt hatten und es sehr kühl geworden war, kochte Oma schnell Tee, damit sich alle ein wenig aufwärmen konnten, bevor es zurück zum *Dreifelder Weiher* ging.

Während Lilly und Nikolas den erlebnisreichen Tag in Hachenburg genossen, hatte Steffi die geheimnisvolle Scherbe untersucht. Sie hatte einige Kolleginnen hinzugezogen, um weitere Meinungen einzuholen. Das Ergebnis war unglaublich! Ben hatte wohl tatsächlich eine bedeutende Entdeckung gemacht. Bedeutend nicht nur für Ben und sie selbst, sondern für das ganze *Keramikmuseum* und den Westerwald. Die Region hatte – so wie es aussah – einen neuen Beleg dafür, zu Recht als Raiffeisenland bezeichnet zu werden ...

SCHERBEN BRINGEN GLÜCK

„Raus aus den Federn und Schlafgemachen!", schallte Omas Weckruf am nächsten Morgen durchs Wohnmobil. Müde blinzelten Lilly und Nikolas aus ihren Schlafsäcken und wollten lieber ausschlafen. „Nichts da!", wehrte Oma lachend ab. „Ihr wolltet doch nach Hamm umziehen."

Sie motivierte die Kinder mit der Aussicht auf ein ganz besonderes Frühstück – nämlich einem in einem Burger-Restaurant. Wie schnell auf einmal alles ging!

„Pommes zum Frühstück!", jubelte Nikolas. Es gab auch knusprige Zwiebelringe, warme Apfeltaschen und Donuts – ein Paradies. Trotzdem: Jeden Tag so zu frühstücken, das konnten sich alle nicht so richtig vorstellen.

„Wir treffen uns übrigens am *Raiffeisen-Museum* in Hamm mit Nadine und Steffi. Es gibt Neuigkeiten zu Bens Scherbe", verkündete Opa, als er das letzte Stück seines Schoko-Donuts in den Mund schob.

„Was?!", rief Lilly.

„Und das sagst du uns erst jetzt?", beschwerte sich Nikolas fast atemlos.

„Bens Scherbe ist echt wertvoll, oder?", vermutete Lilly aufgeregt.

„Ich weiß es nicht", sagte Opa. „Steffi hat sich gestern Abend noch sehr spät per SMS gemeldet und darum gebeten, dass wir uns heute gegen 13 Uhr in Hamm treffen." Nach dieser Info ging plötzlich alles ratzfatz. Die Abenteurer schlangen die letzten Fritten hinunter, schlürften hastig ihre Milkshakes aus – dann sollte es losgehen.

In Hamm angekommen, parkte Jo das Wohnmobil auf dem Parkplatz vor der Touristeninformation – sie hatten Steffi winken sehen. Auch Ben, Lina und Mia waren dabei.

„Hallo, guten Morgen. Was ist los? Was ist mit Bens Scherbe?“, wollte Lilly unverzüglich wissen. Aber nicht nur sie, auch Nikolas, Lina, Mia und natürlich Ben platzten fast vor Neugier. Dann kam auch Nadine dazu.
„Na, wir treffen uns ja jetzt echt jeden Tag“, stellte Lilly lachend fest.
„Ich habe Nadine um Unterstützung gebeten“, erklärte Steffi. „Also – die Sache ist die: Es scheint so zu sein, dass Ben einen außergewöhnlichen Fund gemacht hat. Auf dieser Scherbe sind die Initialen, also die Anfangsbuchstaben F W R zu erkennen. Die Scherbe scheint von einem Geschirr zu stammen, das einmal Friedrich Wilhelm Raiffeisen gehört hat“, wisperte sie bedeutsam.
„Wow! Voll der Hammer!“ Nikolas war echt beeindruckt.
„Bin ich jetzt reich?“, erkundigte sich Ben sofort.
„Moment, junger Mann, so schnell geht das nicht!“, bremste Nadine den eifrigen Nachwuchs-Archäologen.
„Es müssen noch ein paar Tests gemacht werden, und solange bitten wir euch um absolute Geheimhaltung! Wenn das jemand erfährt, wird’s eng in der *Tonzeche*, versteht ihr?“ Stefanie machte ein ernstes Gesicht.
„Och, Mann, ey! So eine coole Sache und wir dürfen nicht drüber reden?“, maulte Ben.
„Nein! Vorerst nicht“, bekräftigte Nadine nochmals.
„Aber als Entschädigung lade ich euch heute Abend alle zu einem Keramik-Workshop samt Führung und Übernachtung im Museum in Höhr-Grenzhausen ein. Das wird euch gefallen, glaubt mir!“, lenkte Steffi ab.
„Okay, abgemacht“, sagte Ben und streckte seiner Bonus-Mutter die erhobene Hand zu einem High Five entgegen.
Gerade in dieser Minute begrüßte eine Frau die Gruppe zur Besichtigung des Geburtshauses von Raiffeisen: „Herzlich willkommen, alle zusammen!

Ich bin Freya und werde diese Tour mit euch machen. Zum Museum geht's die Straße hinauf. Es beherbergt zahlreiche Ausstellungsstücke von Friedrich Wilhelm Raiffeisen persönlich, darunter seinen Schreibsekretär, verschiedene Schriftstücke, Bücher, sogar seine Brille", begann sie auf dem Weg zum Museumshaus zu erzählen.

Dann öffnete Freya die Tür des Fachwerkhauses, in dem Friedrich Wilhelm Raiffeisen geboren worden war. „Hier im ersten Raum wird Raiffeisen als ausgeprägter Familienmensch vorgestellt. Seine Frau Emilie und seine Kinder waren ihm sehr wichtig. Raiffeisen war einerseits ein sehr gebildeter, belesener und musikalischer Mensch, wie seine eigene Hausorgel zeigt. Hört mal!", machte Freya die Kinder auf die Orgel aufmerksam, die auf Knopfdruck sogar einige Stücke spielte.

„Musik gehörte für Raiffeisen zur Allgemeinbildung. Hausmusik galt bei den Raiffeisens aber auch als schöner Zeitvertreib und zur Entspannung. Andererseits war Raiffeisen ein strenger Vater, der Ehrgeiz und Disziplin von seinen Kindern verlangte. Alle, und zwar auch und besonders die Mädchen, mussten zur Schule gehen, das heißt, sie durften es", sagte Freya und lächelte dabei Mia, Lina und Lilly an.

„Raiffeisen war selbst in Armut aufgewachsen. Als Bürgermeister setzte er durch, dass Eltern ihre Kinder in Schulen schickten. Ausreden duldete er nicht. Wenn es an Kleidung oder Schuhen fehlte, besorgte er welche, genauso wie Bücher und Hefte. Er kümmerte sich um die Entlohnung von Lehrkräften, die damals nicht üblich und schon gar nicht üppig war", erzählte Freya.

„Davon haben wir schon gehört", unterbrach Nikolas die Raiffeisen-Botschafterin. So stand es auf dem Schild, das an Freyas Strickjacke befestigt war.

„Durch die Genossenschaften ermöglichte er vielen sehr, sehr armen Menschen das Überleben – ein Brot extra pro Woche bedeutete unsagbar viel für in Armut lebende Familien“, fuhr Freya fort.
„Wie genau läuft das mit so einer Genossenschaft? Können Sie das bitte nochmal erklären? Ich habe das noch nicht so richtig verstanden“, bat Lilly.
„Gern!“, erwiderte Freya und erklärte: „Genossenschaften funktionieren so: Die Mitglieder zahlen Beiträge ein, zum Beispiel jeden Monat zehn Euro. Davon werden dann Dinge angeschafft oder eingerichtet, von denen alle etwas haben, zum Beispiel eine besondere Maschine, ein Brunnen oder eine Schule. Außerdem wird mit dem Geld auch Mitgliedern geholfen, wenn diese in Not geraten sind. Die Genossenschaftsidee wurde übrigens 2014 in das ‚Bundesweite Verzeichnis des immateriellen Kulturerbes‘ aufgenommen. Seit 2016 zählt sie zum UNESCO-Weltkulturerbe. Habt ihr davon schon einmal gehört?“ fragte Freya in die Runde.
„Ja, aber ich habe mir nicht gemerkt, was das war“, gab Lilly zu und lächelte verlegen.
„Ihr könnt euch dazu eine kleine Broschüre mitnehmen“, bot Freya den Gästen an. „Raiffeisen wäre wohl mit großem Stolz erfüllt gewesen. Er hat zu Lebzeiten unglaublich viel erreicht. Er war ein Macher und Motivator. Seht und hört, dann werdet ihr verstehen, was ich meine“, sagte Freya und führte die Gruppe in einen letzten Ausstellungsraum mit einer Büste von Friedrich Wilhelm Raiffeisen, drückte auf einen Knopf und dann ...
„Boah – das gibt's nicht! Der scheint wirklich echt zu sein!“ Ben, Lina, Mia, Lilly und Nikolas, aber auch Elli und Jo waren äußerst beeindruckt von einer scheinbar wahrhaftig sprechenden Büste Raiffeisens. Freya freute sich über die Begeisterung ihrer Besucherinnen und Besucher und lud sie nach der

Vorführung ein, sich ins Gästebuch einzutragen. Zum Abschluss überreichte sie jedem einen Raiffeisen-Taler zur Erinnerung.

„Das war ein wirklich schöner Bummel durch die Vergangenheit. Vielen Dank für die nette Idee! Ohne die Kinder wären wir vielleicht gar nicht hierhergekommen“, sagte Elli. Sie, Jo, Lilly und Nikolas verabschiedeten sich vorübergehend von den anderen und steuerten den Campingplatz am *Waldschwimmbad Thalhäusermühle* in Hamm an.

Steffi fuhr währenddessen mit der wieder sorgsam verpackten Scherbe in Begleitung von Lina, Mia und Ben zum *Keramikmuseum* nach Höhr-Grenzhausen. Dort wollte sie die Scherbe in den Safe legen lassen. Doch es kam ein wenig anders als geplant ...

EIN UNGLÜCK KOMMT SELTEN ALLEIN

Kaum war Steffi mit den Kindern ins Auto gestiegen, bemerkte Nadine, die das Museum gerade als Letzte verließ, wieder den schwarzen Oldtimer. Die Scheiben waren dunkel getönt, so konnte sie den Fahrer nicht erkennen. Der Wagen hatte wohl in einer Seitenstraße um die Ecke geparkt und nahm nun die Verfolgung von Steffis Fahrzeug auf. Es war zwecklos, ihre Freundin warnen zu wollen, denn sie war sehr umsichtig und ließ das Smartphone während des Autofahrens stets ausgeschaltet.

„Steffi, ich glaube, wir werden verfolgt", meinte Ben.

„Ach, Unsinn. Du hast zu viele Verbrecherfilme geschaut", beschwichtigte sie ihn.

„Ich meine ja nur. So ein Auto fällt halt auf", setzte Ben nach. „Und der fährt schon eine Ewigkeit hinter uns her. Hoffentlich will der nicht meine Scherbe klauen."

„Mann, Ben, echt!", gab Lina unwirsch zurück. „Sooo wertvoll wird die nun auch wieder nicht sein."

„Jetzt hört auf zu streiten", forderte die Mutter. Und dann passierte es: An einer roten Ampel musste sie ruckartig bremsen. Der Oldtimer stoppte dicht hinter ihr. Ein Mann in der Verkleidung von Friedrich Wilhelm Raiffeisen eilte heran und riss die Beifahrertür von Steffis Auto auf. Er schnappte sich die Umhängetasche, die sie neben sich auf den freien Sitz gelegt hatte, und sprang zurück in das schwarze Auto, das plötzlich neben ihnen hielt und dann mit quietschenden Reifen davonraste. Steffi war so überrumpelt, dass sie regungslos dasaß.

„Was war das denn jetzt?“, fragte Lina entgeistert.
„Hinterher! Mama, es ist Grün, fahr doch!“, schrie Mia.
Aber der Raiffeisen-Mann war schon über alle Berge und in den Straßen von Höhr-Grenzhausen verschwunden.
„Also – mal ganz in Ruhe. Wir machen jetzt bestimmt keine Verfolgungsjagd!“, stellte Steffi in Richtung Rückbank klar.
„Die Scherbe war eben doch total wertvoll“, rief Ben bockig und verschränkte energisch die Arme vor der Brust.
„Das müssen wir der Polizei melden!“, forderte Lina.
„Genau, Mama. Lina und Ben haben recht. Ruf die Polizei!“, verlangte Mia.
„Das Handy ist auch weg. Hm. Ich war einfach zu leichtsinnig, die Tasche mit der Scherbe darin einfach so auf dem Beifahrersitz liegen zu lassen“, seufzte Steffi.
„Mama, sei nicht traurig. Mit so was rechnet doch keiner!“, versuchte Mia ihre Mutter zu trösten.
„Wir fahren jetzt trotzdem zum Keramikmuseum, und von dort benachrichtigen wir die Polizei“, beschloss Steffi. Sie musste das gerade Erlebte erst einmal sacken lassen. Da klaute ein Mann in Gestalt von Friedrich Wilhelm Raiffeisen ihre Tasche! Worauf hatte er es abgesehen?

War es ein einfacher Handtaschen-Diebstahl? Das konnte sie sich eigentlich nicht vorstellen. Ging es womöglich doch um die Scherbe, die ihr Stiefsohn gerade erst aus dem Matsch in der *Tonzeche* gefischt hatte? Auch die Kinder grübelten. Es war alles ziemlich mysteriös. Dieses Absperrband ... Die Verkleidung ... Der Anschein, dass diese Limousine sie verfolgte und ihr Fahrer sie vermutlich beobachtet hatte.

Währenddessen hatten Lilly und Nikolas nichtsahnend den Nachmittag im *Waldschwimmbad Thalhausermühle* verbracht. Es war ein echtes Naturschwimmbad, ein künstlich angelegter, riesiger Schwimmteich. Das Wasser war vollkommen klar, ganz ohne Zugabe von Chemikalien wie Chlor. Für die Wasserqualität war hier allein die Natur zuständig. Zum Baden war es leider wirklich zu kalt, mussten Lilly und Nikolas zugeben.

Sie hatten mit Opa Schiffchen aus Zeitungspapier gebastelt und sie schwimmen lassen. Oma hatte Eierpfannkuchen gemacht und dazu Pflaumenkompott gekocht. Zimt und Zucker drauf und genießen!

„Seid ihr satt? Dann beeilt euch jetzt mit dem Packen eurer Übernachtungssachen – wir müssen bald los, sonst kommen wir zu spät nach Höhr-Grenzhausen!“, trieb Oma die Geschwister an. Sie freute sich auch schon auf den Museumsbesuch – und auf einen Ausflug nach *Schloss Montabaur* mit ihrem Johann. „Na, da nimm dir auch mal was zum Übernachten mit, mein Liebling“, säuselte er und sah seine Frau verliebt an. „Ich habe nämlich eine Überraschung für dich.“

„Eine Überraschung? Sag schon! Was ist es?“

„Nichts da, mein Schatz! Sonst ist es ja keine Überraschung mehr!“ Schmunzelnd verwehrte Opa jede Auskunft.

KERAMIK IM KANNENBÄCKERLAND

Nach einer wieder sehr gemütlichen Fahrt durch den Westerwald kamen die vier bald im *Keramikmuseum* an. „Herzlich willkommen bei uns im Kannenbäckerland!", begrüßte Steffi ihre Gäste.
„Lustiger Name – ‚Kannenbäckerland'", fand Lilly.
„Er stammt vom traditionellen Töpferhandwerk, bei dem die Gefäße, also Kannen, im Ofen gebrannt, also gebacken werden", erklärte die Keramikerin. „Wegen der verbreiteten Tonvorkommen gab es hier damals viele Töpfer, sogenannte Kannenbäcker."
Elli und Jo widmeten sich mit ihren Enkelkindern sofort der Ausstellung und erfreuten sich an jedem einzelnen Stück: Da gab es Kannen, Teller, Tassen, Schüsseln, Schmuck und verschiedene Kunstwerke. Total verrückte Sachen waren dabei! Aber vor allem sehr schöne.
Oma hätte am liebsten den halben Museumsshop leer gekauft, aber Opa bremste sie rechtzeitig. Zwei bunt bemalte Frühstückstassen mit passenden Müslischalen und ein sehr ausgefallener Kettenanhänger an einem blauen Wildlederband sollten als Souvenir zur Erinnerung an diesen Urlaub genug sein. Die Großeltern tranken noch einen Milchkaffee und verabschiedeten sich dann bis zum nächsten Tag von ihren Enkeln, ehe die Kinder in die Töpferwerkstatt verschwanden. „Bis morgen, ihr Lieben! Viel Spaß!", wünschten sie und machten sich auf den Weg nach Montabaur.

Sascha und Steffi hatten während des Workshops in einem Nebenraum einen Termin mit einer Polizistin wegen des Diebstahls ihrer Tasche.

Ihren Ausweis und die Kreditkarte behielt Steffi zum Glück immer in ihrer Hosentasche. In der Handtasche befanden sich jedoch ein Portemonnaie mit mehr als 200 Euro und ihr Handy, das sie sofort hatte sperren lassen. Im Hinblick auf die Scherbe hatte sich das Paar nicht viel von der Diebstahlanzeige versprochen, weil es im Grunde nur eine Scherbe war.

Als zuständige Polizeibeamtin wollte Mona Rodenbach den Seifens die neuen Erkenntnisse mitteilen: Sie hatten das Smartphone geortet, welches der Dieb nicht entdeckt oder zumindest nicht ausgeschaltet hatte. Sie waren dem Täter also auf der Spur.

Lilly und Nikolas ließen sich zur gleichen Zeit von Mia, Lina und Ben alles über den Überfall und den Raub von Bens Scherbe berichten: über die schwarze Limousine, den Mann, der aussah wie Herr Raiffeisen, dass dieser Steffis Tasche vom Beifahrersitz ihres Autos gestohlen hatte und dadurch die wohl tatsächlich wertvolle Scherbe weg war. Lilly und Nikolas waren total verblüfft. Und so erschreckend der Vorfall auch klang, wären sie am liebsten selbst dabei gewesen.

„Wir müssen auf jeden Fall nochmal in die *Tonzeche*, um dort nach Hinweisen zu suchen!“, flüsterte Ben.

„Schmieden wir am besten einen genauen Plan.“ Nikolas rieb sich die Hände.

„Den Mistkerl schnappen wir uns!“, sagte Ben entschlossen und schlug mit Nikolas ein.

Dann folgten sie wie die anderen Kinder wieder aufmerksam den Anweisungen der Workshop-Leiterin Andrea. Sie führte vor, wie man zunächst den Tonklumpen massieren musste, ehe man ihn formen konnte. Dann zeigte sie ihnen, welche verschiedenen Möglichkeiten es gab, ein Gefäß zu gestalten.

Lilly töpferte eine Müslischale, Mia entschied sich für Eierbecher. Insgesamt fünf verschiedene stellte sie fertig, und jeder bekam am Ende eine andere Farblasur. Lina formte eine Schmuckschatulle mit passendem Deckel. Das war gar nicht so einfach. Durch das Hin- und Herkneten und Schmieren von rechts nach links und wieder zurück verformte sich der Deckel immer wieder und passte lange nicht genau auf den Behälter.

Ben versuchte, eine rechteckige Schatzkiste zu bauen, und Nikolas gelang zuerst gar nichts. Er setzte einige Male an, matschte wieder alles zusammen und zum Schluss brachte er ein sehr eigentümliches Kunstwerk zustande. Er meinte, es sei eine Voodoo-Puppe.

„Jetzt kommt bitte langsam zum Schluss, Kinder“, läutete Andrea das Ende des Workshops ein. Anschließend räumten alle gemeinsam auf, putzten und schrubbten ihre Arbeitsplätze und das Werkzeug sauber.

Das Verzieren hatte allen am meisten Spaß gemacht. Nur der Ton klebte nun in den winzigen Ritzen der Formen fest. Als der letzte Lappen gerade ausgewaschen war, trudelten die Eltern ein, um ihre Kinder von der Aktion im Museum abzuholen.
In einem Kellerraum des Museums baute Sascha unterdessen Pritschen auf. Sieben nebeneinander. „Das sieht witzig aus", fand Lilly. „Wie bei den sieben Zwergen." Natürlich dauerte es bis spät in die Nacht, bis alle fünf Freunde eingeschlafen waren.

„Auf, auf! Heute ist *Töpfermarkt* in Ransbach-Baumbach", begrüßte Bens Vater am nächsten Morgen die zwei Jungs und drei Mädchen in ihren Schlafsäcken. Sie hatten nicht einmal bemerkt, dass die beiden Erwachsenen längst aufgestanden waren. „Steffi ist schon auf dem Markt,

um beim Aufbau zu helfen", sagte Sascha. „Dort treffen wir auch eure Großeltern. Allerdings erst um die Mittagszeit. Der Markt ist riesengroß. Es gibt vieles anzuschauen, glaubt mir."

Die Kinder schienen wenig Lust zu haben, über den *Töpfermarkt* zu bummeln. Natürlich! Sie hatten etwas ganz anderes im Kopf: Sie wollten lieber noch einmal zur *Tonzeche*, um dort nach weiteren Tonscherben und nach Hinweisen zu der gestohlenen Scherbe zu suchen. Aber Sascha ließ sich nicht umstimmen.

Kurze Zeit später waren die Freunde doch ganz froh, mitgefahren zu sein. Hier auf dem *Töpfermarkt* gab es wirklich alles! Nicht nur Vasen, Schüsseln, Teller und Tassen, Kuchenformen und Servierplatten, sondern außerdem Gartenzwerge, Blumen, Elfen und Kobolde, bestimmt über tausend verschiedene Keramik-Kunstwerke. Sie kamen pünktlich am vereinbarten Treffpunkt an und betraten fröhlich die Pizzeria, wo Oma und Opa bereits bei einem Gläschen Sekt saßen und auf die Gruppe warteten.

„Na, Omi, wie war's im Schloss?", fiel Lilly direkt mit der Tür ins Haus.

„Ja, und was war die Überraschung, von der Opi gesprochen hat?", wollte nun auch Nikolas wissen.

Oma fing sofort an zu schwärmen: „Die Überraschung? Oh, wunderschön! Wir haben im *Schlosshotel* übernachtet! Tatsächlich! Wie eine Prinzessin kam ich mir vor."

Da kicherten die Enkel und ihre drei Westerwälder Freunde auch. Oma Elli und eine Prinzessin!

„Was gibt es da zu lachen?", wandte Opa Jo ein. „Eure Oma ist meine Prinzessin, von Kopf bis Fuß, und das schon seit vielen, vielen Jahren!"

„Boah Opa, echt! Das wird mir jetzt zu romantisch!", unterbrach Nikolas die Schwärmerei.

Ehe er Oma und Opa die Stimmung vermiesen konnte, fragte Lilly schnell: „Wir hätten da eine kleine Bitte ... ähm ... wir würden gern noch einmal mit Ben ...“

„... und Lina und Mia wolltest du sagen ...“, fiel Lina ihr ins Wort.

„Ja, also wir wollen alle zusammen noch mal zur *Tonzeche*. Ließe sich das irgendwie einrichten?“, bettelte Nikolas mit sanftem Blick.

„Das ist ... hm ... ziemlich weit weg von hier. Warum wollt ihr da noch mal hin?“, wehrte Opa ab. Da bot Sascha an, die Kinder zu fahren, und schlug den Großeltern einen schönen Campingplatz vor.

„Na, das ist ja eine Hin- und Her-Reiserei!“, schüttelte Oma erst den Kopf. Dann aber atmete sie tief durch und gab nach. In diesem Moment wurden auch schon die Pizzen serviert.

Unternehmenslustig bestiegen die fünf Junior-Forscher nach dem Essen den VW-Bus von Papa Sascha und fuhren direkt zur *Tonzeche*.

Endlich war die Scherben-Soko, wie sich die fünf nun nannten, wieder am Fundort von Bens Keramikstück mit den bedeutsamen Buchstaben F W R. Hier wollten sie nochmals auf Scherben-, aber vor allem auf Spurensuche gehen, um die Polizei mit sachdienlichen Hinweisen zu versorgen, die zur Ergreifung des Diebes führen könnten.

Eine ganze Weile stromerten sie über das Gelände. Sascha las ein Buch über Zugvögel und genoss die Ruhe, bis ...

Lina plötzlich atemlos angerannt kam und regelrecht schrie. „Sascha! Sascha! Ich hab Mamas Tasche gefunden! Hier, schau!“

Sascha sah sofort von seinem Buch auf und blickte entgeistert auf die lehm- und schmutzverschmierte Tasche. „Das gibt's doch nicht!", stieß er ungläubig aus, nahm Lina die Tasche ab und wollte gerade den Verschluss öffnen, als Nikolas rief: „Nein, Sascha, nicht! Wegen der Fingerabdrücke! Lass uns die Tasche zur Polizei bringen. Am besten direkt zu Frau Rodenbach!"

„Du hast recht, Nick. Ich versuche sofort, sie zu erreichen. Vielleicht kommt sie direkt hierher und sucht nach weiteren Spuren."

„Ob die Scherbe noch da ist?", fragte Ben ungeduldig.

Erst jetzt kamen auch Lilly und Mia angerannt, die etwas weiter entfernt gesucht hatten. „Was ist los? Was habt ihr gefunden?"

„Mamas Tasche! Verrückt, oder?!", antwortete Lina aufgeregt.

„Was? Das ist echt irre! Aber wisst ihr, was Mia gefunden hat, als sie gerade hinter einem Busch mal Pipi machen war?"

„Will ich wissen, was meine kleine Stiefschwester beim Pipimachen findet?“ Ben zog kritisch die Stirn kraus. „Ja! Ausnahmsweise will ich das wissen! Was ist es?“

„Guck! Wir wissen aber auch nicht, was es ist.“

Sascha prüfte das Fundstück und stellte fest, dass es der Deckel einer Taschenuhr war. „Einer Taschenuhr? Wer trägt denn so was heute noch? Die Uhrzeit kann man doch auf seinem Handy ablesen“, meinte Ben.

Doch Nikolas widersprach: „Früher hatten Männer, also vornehme Herren, solche Uhren. Leute wie ...“

„ ... wie Herr Raiffeisen!“, unterbrach Lilly ihren Bruder.

„Stimmt“, bestätigte Mona Rodenbach, die auf Saschas Anruf hin sofort losgefahren und nun mit einem weiteren Polizeibeamten dazugekommen war.

„Na, dann zeigt mir mal eure Funde“, bat die Polizistin, die sich dünne Gummihandschuhe überstreifte und den Uhrendeckel zunächst in einen Plastikbeutel eintütete. Dann öffnete sie Steffis Handtasche.

Gebannt starrten sechs Augenpaare auf die Hände der Ermittlerin und ins Innere der Tasche. „Gott sei Dank, da ist das Portemonnaie!“, seufzte Sascha erleichtert. Doch war auch alles noch drin? Tatsächlich! Es fehlte kein Geld. Auch alles andere befand sich noch in der Tasche. Außer ... Bens Scherbe.

„Die Diebe scheinen es tatsächlich auf diese Scherbe abgesehen zu haben, die Sie angesprochen hatten. Was steckt nur dahinter?“, überlegte Mona Rodenbach.

„Das wüssten wir auch zu gerne!“, sagte Sascha.

„Und deshalb werde ich die Tasche sowie den Taschenuhrendeckel ins Labor schicken. Vielleicht finden die Kollegen noch etwas heraus“, meinte die Polizistin.

Auf dem Campingplatz wartete Oma Elli schon mit einer großen Pfanne voll leckerer Bratkartoffeln, die sie auf dem Campingkocher draußen brutzelte. Alle aßen gemeinsam ihr warmes Abendbrot, ehe sich Sascha mit Mia, Lina und Ben verabschiedete.
Gesättigt und müde fielen Lilly und Nikolas in ihre Schlafkojen. Das war wieder ein wirklich aufregender Tag gewesen. ‚Irgendwie wird es jeden Tag spannender!', dachte Lilly. Schon war die Hälfte der Ferien um. Ob sie das Geheimnis noch lüften würden, bevor sie wieder nach Hause mussten?

STEFFI, DIE STÖFFELMAUS

Opa hatte sich für das nächste Frühstück etwas Besonderes einfallen lassen: Es gab frischen Obstsalat mit griechischem Joghurt, Honig und Müsli. Das war mal etwas anderes und gab Kraft für den Tag, der gleich nach dem Frühstück mit der Weiterreise nach Enspel begann. Hier befand sich der *Stöffelpark*.

Obwohl sich Lilly und Nikolas ja zu gern wieder mit ihren drei neuen Freunden verabredet hätten, freuten sie sich dennoch über einen gemeinsamen Tag mit ihren Großeltern. Ben, Lina und Mia hatten heute auch gar keine Zeit. Ausgerechnet in einer solch spannenden Phase ihrer Scherben-Story! Das war echt hart.

Aber dieser *Stöffelpark* war klasse! Berühmt geworden war der Park durch den Fund einer prähistorischen Maus: Steffi, der Stöffelmaus! Als die Geschwister das Schild mit dieser Aufschrift erblickten, mussten sie lachen. Steffi! Sie waren sich sicher, jetzt immer grinsen zu müssen, wenn sie Steffi Limbach-Seifen wiedersahen.

„Der Stöffel heißt übrigens auch ‚Tertiär-Park'", erzählte Opa. „Das ganze Basalt-Gestein und die darin eingeschlossenen Fossilien hier stammen aus einer Zeit vor mehr als 25 Millionen Jahren. Im ‚Tertiärum' im Museum kann man die Stöffel-Fossilien anschauen, habe ich gelesen."

„Hier, hier müssen wir lang!" Nikolas führte die vierköpfige Besuchergruppe zu einem Schaukasten. „Hier kann man die Stöffelmaus sehen!", rief er fasziniert. Nikolas, Lilly und ihre Großeltern nahmen sich gern Zeit für die interessante Ausstellung, in der auch prähistorische Insekten,

Fische, Hühnervögel und viele weitere Tiere und Pflanzen zu sehen waren.
„Vor 25 Millionen Jahren sah der heutige Westerwald ganz anders aus“, erklärte ihnen ein junger Mann namens Oleg aus dem Museumspark, bei dem sie auch die Eintrittskarten gekauft hatten. „Begeben wir uns doch einfach mal in die Vergangenheit: Vulkane, soweit das Auge reicht. Immer wieder bebt die Erde, und es kommt zu kleineren Ausbrüchen. Das Klima ist warm und feucht. Am Stöffel-See leben Krokodile und Schildkröten. Kaulquappen haben eine Länge von 20 Zentimetern“, beschrieb der Mann sehr bildhaft, wie es hier ausgesehen haben musste. Lilly und Nikolas hörten gespannt zu.
„Und dann gab es da ein kleines, seltsames Geschöpf. Es hatte Flughäute zwischen den Vorder- und Hinterbeinen. Damit konnte es durch die Luft segeln wie eine Art Flughund. Millionen Jahre später wurde dieses Tier unter dem Namen ‚Stöffelmaus‘ hier zu einer Sensation. Sie ist einer der spektakulärsten Funde im *Stöffelpark*!“, berichtete Oleg, der Archäologie studierte und im Park jobbte.
Lilly, Nikolas und die Großeltern folgten ihm nach draußen. Auf ihrem Spaziergang durchs Gelände erfuhren sie noch einiges über die Geschichte des Stöffels als Basalt-Abbau-Gebiet.
„Die Ausstellung im Gebäude des früheren Kesselhauses gibt einen Einblick in den harten Arbeitsalltag der Bergleute. Da müsst ihr nachher mal hin. Die Toiletten dort sind übrigens auch ... sagen wir ... spannend“, sagte der junge Wissenschaftler vielversprechend und holte nun einige Messer aus seiner Ledertasche. „So, und jetzt seid ihr dran! Hier habt ihr abgerundete Messer. Damit könnt ihr die Schieferscherben öffnen. Vielleicht findet ihr ja Fossilien ...“ Oleg lächelte fröhlich, während er die Spaltmesser verteilte.

„Sucht euch aus den zwei großen Schiefer-Haufen einfach Scherben heraus und versucht, sie vorsichtig zu öffnen. Bisher wurde in jeder Gruppe etwas im Schiefer entdeckt. Ich wünsche euch viel Spaß und viel Erfolg! Wenn ihr Fragen habt, kommt einfach zu mir."

Lilly und Nikolas konnten es kaum erwarten. Frösche, Krokodilzähne, Vögel, Fische, Kaulquappen, Insekten, Blätter ... Was sie wohl finden würden?

Die Zeit verging wie im Fluge. Es machte allen riesigen Spaß, und Oma fand sogar, es würde richtig entspannen.

„Ich glaub, ich hab was gefunden!", jubelte Lilly. „Oleg, schau mal, ist das was?"

„Oh, ja! Ein Teil von einem Fisch. Sieh her, nur der Kopf scheint zu fehlen, Körper und Schwanz lassen sich erkennen. Sogar eine Rückenflosse", bestätigte Oleg.

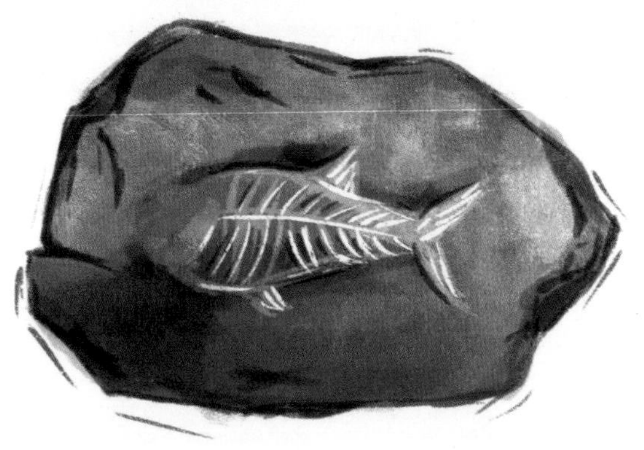

„Und das? Hab ich auch einen Fisch?“, wandte sich Nikolas an den angehenden Archäologen.

„Ein Blatt. Ich denke, es ist ein Blatt. Toll! Ihr seid ja richtig erfolgreich“, lobte sie Oleg.

„Ja, was das Finden besonderer Scherben angeht, haben die Kinder scheinbar ein glückliches Händchen.“ Diesen augenzwinkernden Kommentar von Opa Jo verstand Oleg natürlich nicht so richtig, aber das war egal.

Am Ende ihrer Entdeckertour vergnügten sich Lilly und Oma im Steinbruch-Erlebnisgarten, während Opa und Nikolas eine Gruppe von Kletterern bestaunten. Diese hangelten sich am 28 Meter hohen Brechergebäude entlang. Die Außenwand des unter Denkmalschutz stehenden Gebäudes galt als einer der spektakulärsten und größten Klettersteige dieser Art nördlich der Alpen.

„Na? Möchten Sie es auch mal versuchen? Der Klettersteig im *Stöffelpark* ist *das* Ziel für Kletterbegeisterte!“, pries Oleg das überdimensionale Sportgerät an.

Als Opa und Nikolas lächelnd die Köpfe schüttelten, verabschiedete sich der Student. Die nächste Gruppe wartete schon.

„Ich möchte jetzt aber noch auf das spannende Klo", forderte Lilly, nachdem sie und Oma auch zum Ausgang gekommen waren.
„Stimmt, das Klo!", freute sich auch Nikolas auf das Erlebnis. Die beiden wagten sich also ins Kesselhaus und erlebten im wahrsten Sinn des Wortes ihr grünes Wunder. Richtig! Kein blaues, sondern ein grünes und ein bisschen gruseliges Wunder! Die Kabinen waren grün beleuchtet, und seltsame Musik erklang, sobald sie die Toilettentüren von innen schlossen. Ein bisschen unheimlich war es schon, aber auch irgendwie lustig.

Kichernd kamen die Geschwister zurück. Die Herbstsonne strahlte warm über das Stöffel-Gelände. Opa stellte zwei Liegestühle für sich und Oma vors Wohnmobil. Lilly und Nikolas holten sich eine Limo vom Kiosk und machten es sich auf Luftmatratzen gemütlich. So eine ausgedehnte Pause tat allen gut.
„Ob es was Neues über die Scherbe gibt?", überlegte Lilly, die sich genüsslich sonnte.
„Ich weiß nicht", entgegnete ihr Bruder. „Aber ich würde auch zu gern wissen, ob die Polizei was herausgefunden hat!"
„Opa", wandte sich Nikolas an seinen Großvater. „Könnten wir vielleicht mal bei Steffi anrufen und fragen, ob es was Neues über Bens Scherbe gibt?"
„So schnell wird das alles nicht gehen. Und falls doch, melden sie sich schon. Lasst uns morgen anrufen", meinte er und räumte nach einer guten halben Stunde die Liegestühle wieder ein. Er wollte den neuen Stellplatz in Bad Marienberg noch vor Einbruch der Dämmerung erreichen. Lilly und Nikolas schmollten ein wenig, weil sie ungeduldig wurden und ihr Urlaub hier in drei Tagen schon vorbei sein würde.

14.

IN LUFTIGEN HÖHEN BEI BAD MARIENBERG

Die Kinder hatten schlecht geschlafen, aber das lange Warten hatte ein Ende! Als Lilly müde aus dem Wohnmobil stolperte, saß Steffi in eine warme Strickjacke gehüllt draußen auf einem Klappstuhl. Mit beiden Händen umfasste sie eine Tasse dampfenden Früchtetee. Der Morgen war frisch, aber klar und sonnig.

„Steffi!“, stieß Lilly erfreut aus und war nun sofort munter. „Was gibt's Neues?“

„Noch nicht viel, da muss ich dich leider enttäuschen. Aber ich wollte euch zur Ablenkung auf eine Klettertour hier in Bad Marienberg einladen. Die anderen warten schon im Auto. Kommt ihr mit? Dann zieht euch schnell an!“

„Gerne“, gab Nikolas knapp zur Antwort, als auch er endlich aus seinem Bett getaumelt kam.

„Schön, dann machen wir zwei heute nur eine kleine Wanderung und dann einen geruhsamen Wellness-Tag im Schwimmbad Bad Marienberg“, sagte Opa Jo zu seiner Frau.

„Und ihr kommt nach und könnt auch noch eine Runde schwimmen“, schlug Oma Elli vor.

„Au ja! Das machen wir!“, stimmte Lilly freudig zu.

Sofort zogen sich die Geschwister an, packten ihre Sachen zusammen und waren im Nu abfahrbereit. Oma gab ihnen noch ein Picknick mit. Zusätzlich hatten Steffi und Sascha natürlich auch ausreichend Getränke und Proviant im Auto. Das Klettern würde schließlich hungrig machen.

Nach dem sogenannten Check-in im Klettergarten wurden alle fünf Kinder sowie die beiden Erwachsenen mit der Ausrüstung versorgt. Da Familie Seifen hier öfter einmal klettern ging, brauchten sie keinen Einführungskurs mehr. Anders sah es für Lilly und Nikolas aus. Sie mussten den Crash-Kurs mitmachen, ob sie nun wollten oder nicht. Nach einer Viertelstunde konnten auch sie sich dann den Kletterstrecken widmen. Sie eiferten den geübten Freunden sofort nach und erklommen eine Höhe nach der anderen. Auf einer Plattform harrte Lina ziemlich lange aus. Sie schien etwas oder jemanden zu beobachten.

„Lina, was ist?“, rief Lilly ihr zu.

„Da steht der Oldtimer, glaub ich!“, antwortete Lina.

Lilly hangelte sich über die Hängebrücke zur Plattform, auf der Lina stand.

„Da, sieh mal!“, flüsterte diese.

„Das könnte er sein“, vermutete auch Lilly.

„Jetzt steigt einer aus, schau“, wisperte Lina. „Blöd, dass wir kein Fernglas haben.“

„Guck, jetzt kommt noch ein Auto. Auch ein etwas seltsames Fahrzeug, oder?“, meinte Lilly, denn so viele Oldtimer hatte sie noch nicht gesehen.

„Schnell! Runter! Wir müssen runter!“, keuchte Lina und sprang die Sprossen am Baum hinab. Zum Glück waren beide Mädchen mit dem Seil gesichert. Unten machten sie ihre Haken los und rannten zu Sascha. „Komm schnell, da sind sie!“, schrie Lina.

„Wer ist wo? Was ist denn los?“, entgegnete der ahnungslose Vater.

„Die Diebe! Der Raiffeisen-Mann!“, erwiderte Lina.

„Und noch einer in einem anderen Auto. Komm schnell!“, forderte Lilly.

Sascha rannte den Mädchen, so schnell er konnte, hinterher – in Richtung der Autos, die in einem Waldweg gehalten hatten. Er beobachtete, wie der

Raiffeisen-Mann einen Rucksack von dem Mann entgegennahm, der mit dem anderen Auto gekommen war. Dieser Mann wollte gerade etwas in seine Jackentasche stecken, das er vom Oldtimerfahrer bekommen hatte.
Die Männer bemerkten nun Sascha, wie er durch den Wald auf sie zugelaufen kam. Schnell stiegen beide in ihre Wagen und gaben Gas.
Sascha Seifen versuchte, sich die Kennzeichen zu merken, doch gelang ihm dies nur für die schwarze Limousine. Mit einem Kugelschreiber aus seiner Westentasche notierte er schnell das Autokennzeichen des Oldtimers auf seinem Handrücken, ehe er es vergessen würde.
Das Nummernschild des anderen Fahrzeugs – ein alter amerikanischer Straßenflitzer – begann mit AK für Altenkirchen. Ein Aufkleber vom *Cadillac-Museum* war Sascha außerdem aufgefallen. Der Mann hatte jedoch bei der Flucht den Gegenstand fallen lassen, der ihm gerade übergeben worden war. Hektisch hatte er noch kurz danach gesucht, dann aber die Flucht ergriffen.
Nun näherten sich Steffi und die fünf Kinder, die allesamt sehr aufgeregt waren. „Und?“, fragte Ben erwartungsvoll.
„Hm, na ja“, begann sein Papa etwas atemlos. „Wir haben zumindest das Kennzeichen“, sagte er und hielt allen seinen Handrücken hin.
„Super!“ Mia strahlte.
„Ich bin stolz auf dich, Papa!“, sagte Ben und umarmte seinen Vater.
„Und jetzt rufen wir sofort Frau Rodenbach an“, entschied Steffi.
„Mach das“, stimmte ihr Mann zu und berichtete, dass der eine Mann etwas habe fallen lassen, das der Raiffeisen-Typ ihm gegeben hatte. Sofort lief Ben los zu der Stelle, wo die Autos gestanden hatten. Er hockte sich hin und wühlte im Laub. Nikolas gesellte sich zu ihm und half bei der Suche.

„Da ist sie! Die Scherbe! Meine Scherbe, ich hab sie wieder!“, jubelte Ben und tanzte fast vor Freude.
Steffi drehte sich verdutzt um, sie hatte ja wegen des Telefonats mit der Polizei nicht mitbekommen, was gerade geschehen war. „Die Polizei will sich melden, sobald es etwas Neues gibt“, sagte sie und schaute etwas irritiert. „Das gibt's nicht! Echt? Deine Scherbe? DIE Scherbe? Lass mal sehen“, richtete sich Steffi an Ben und prüfte das wiedergefundene Stück.
Während sie das Museum in Höhr-Grenzhausen kontaktierte, beschlossen die anderen sechs, noch ein wenig in den luftigen Höhen zu klettern, nachdem sich die Aufregung etwas gelegt hatte. Schließlich hatten sie viel Eintritt bezahlt. Da sollten sie die Zeit auch ausnutzen. Den ursprünglich geplanten Besuch im *Wildpark*, der dem Gelände angeschlossen war, ließen sie allerdings ausfallen.
Wolken waren aufgezogen, und es wurde langsam ungemütlich. Also auf ins Schwimmbad, wo sich Elli und Jo nach einer einstündigen Wanderung durch den *Wildpark* bereits aufhielten. Die Scherbe verstaute Sascha solange sicher in seinen Klamotten im Spind.
Im Schwimmbad gab es eine coole Rutsche. Sie war megabreit, sodass alle fünf Kinder nebeneinander rutschen konnten! Sie tauchten um die Wette, machten unter Wasser Handstand und wetteiferten, wer dabei wohl am längsten stehen bleiben konnte. Steffi und Sascha genossen einen entspannten Nachmittag zu zweit im Wellnessbereich.
Zum Schluss spendierte Opa Chicken Nuggets mit Pommes für alle. Zum Nachtisch gab es Slush-Eis, wahlweise in den Geschmackrichtungen Kirsche, Waldmeister oder Zitrone. Die Zungen färbten sich rot, grün oder gelb. Am Abend verließen Opa Jo und Oma Elli sowie Steffi und Sascha mit fünf aufgedrehten Kindern das Schwimmbad.

Nun trennten sich ihre Wege wieder. Zurück im Wohnmobil, lachten und plauderten Lilly und Nikolas noch eine ganze Weile, bis sie Omas Aufforderung, dass sie nun aber endlich schlafen müssten, langsam nachkamen und irgendwann die Augen schlossen.

IN DEN DUNKLEN TIEFEN DES HERBST-LABYRINTHS

„Na, was machen wir denn an unserem vorletzten Tag im Westerwald?", fragte Opa in die Frühstücksrunde.

„Wir könnten die *Grube Bindweide* besichtigen, ein altes Bergwerk. Oder das *Herbstlabyrinth*", bot Oma an.

Den beiden Urlaubsdetektiven war heute gar nicht nach Ausflügen zumute. Sie wollten viel lieber mit Mia, Lina und Ben herausfinden, was hinter der ganzen Scherben-Sache steckte und wer der Raiffeisen-Mann war, den sie möglichst noch schnappen wollten, bevor es wieder nach Hause ging. „Egal", murmelte Lilly daher etwas gleichgültig und rührte in ihren Cornflakes herum.

„Was ist denn dieses *Herbstlabyrinth*?", fragte Nikolas auch nicht gerade übermäßig interessiert.

„Das *Herbstlabyrinth* ist eine Tropfsteinhöhle und das größte Höhlensystem Hessens", erläuterte Opa. „Der Bereich, der für die Öffentlichkeit zugänglich ist, wird ‚Knöpfchenhalle' genannt und zählt zu den größten Einzelhöhlenräumen in Deutschland. Viele unterschiedliche, auch ganz besondere Formen von Tropfsteinen kann man dort bewundern. Auf einer geführten Tour kann man sie schick von LED-Licht bestrahlt, entdecken, heißt es auf der Website."

„Außerdem kann man einen Karst- und Höhlenlehrpfad bewandern. Ab fünf Personen bietet die Tourist-Information geführte Wanderungen an.

Fünf Euro für die kleine Runde – das wären drei Kilometer und würde mit allen Stationen ungefähr zwei Stunden dauern. Die große Runde sind acht Kilometer in vier Stunden für neun Euro. Was meint ihr?“, las Oma vor.
„Okay“, stimmte Nikolas zu.
„Aber die kleine Runde reicht“, schränkte Lilly den Umfang der Tour sofort ein.
„Gut. Dann rufe ich da gleich mal an, vielleicht klappt es noch mit einer Führung heute“, sagte Oma und griff zum Handy.
„Guten Morgen, liebe Nachbarn!“, begrüßte ein Mann im Jogginganzug die vier, als Opa nach dem Frühstück die Tür des Wohnmobils öffnete. „Ich hab 'ne Tageszeitung übrig. Wollt ihr sie haben? Ich hab sie ausgelesen.“
„Oh ja, danke sehr!“ Jo nahm dem Stellplatznachbarn freudig die Zeitung ab und begab sich damit wieder ins warme Innere. „Ganz schön frisch heute draußen. Wollen doch mal sehen, was hier so los ist.“ Er schlug die Seiten langsam auf, während Oma das Telefonat beendete und die beiden Enkel sich wieder lustlos in ihre Kojen verdrückten.
„Macht ihr euch fertig, Kinder?“, rief Oma kurze Zeit später. „Ich hab die Tourist-Information erreicht und eine Tour für uns gebucht. Um zwölf müssen wir spätestens dort sein!“
„Die werden gleich ganz schnell kommen“, sagte Opa leise zu seiner Frau und wurde dann hörbar lauter: „Sieh mal hier: ein Artikel über einen geheimnisvollen Mann, der offenbar in einem Friedrich-Wilhelm-Raiffeisen-Kostüm sein Unwesen treibt ...“
„Ist nicht wahr! Tatsächlich! Da ist sogar ein Foto von dem Raiffeisen-Mann. Leider ziemlich verschwommen und sehr klein ...“, betonte Oma bewusst laut.
„Was? Wie? Raiffeisen-Mann?“ Nikolas, der sich gerade einen Pullover über den Kopf zog, stolperte herbei.

„Wo steht da was?“ Lilly verlangte freie Sicht auf die Zeitung.

„Na, was hab ich gesagt? Da sind die zwei.“ Opa schmunzelte und zwinkerte Oma zu.

Er hatte nicht geblufft. Es stand tatsächlich ein kleiner Artikel am rechten Rand auf Seite 10 der Zeitung. Mit einem Foto. „Das war am Kletterpark! Ob Sascha und Steffi der Polizei ein Foto geschickt haben? Sachdienliche Hinweise nimmt jede Polizeidienststelle entgegen, steht da“, las Lilly aufgeregt.

Dann klingelte Omas Mobiltelefon. „Steffi ruft an“, verkündete sie beim Blick aufs Display und nahm das Gespräch an. „Hallo, Steffi! Ja, das wissen wir schon. Wir haben die Zeitung gelesen – ein Nachbar hat sie uns hiergelassen“, berichtete Oma, und beide Enkel klebten regelrecht an ihrem Ohr. „Ich stell mal auf Lautsprecher – Lilly und Nikolas wollen doch dringend wissen, was hinter dem Artikel steckt.“

„Ah ja, gut. Dann hört mal gut zu, alle zusammen“, erklang Steffis Stimme. „Wir hatten ja die Polizei wegen des Diebstahls meiner Tasche informiert. Und dann tauchte dieser Typ im Raiffeisen-Look immer wieder in unserer Nähe auf. Wie sich nun herausgestellt hat, spukt er wohl häufiger in der Nähe der *Tonzeche* herum. Anwohner haben ihn gesehen. Das kam der Polizei nun doch so verdächtig vor, dass sie den Mann zur Fahndung ausgeschrieben hat. Seid schön vorsichtig, hört ihr! Ach ja, außerdem haben wir das Ergebnis aus dem Labor. Die Scherbe, die Ben da gefunden hat, ist tatsächlich echt! Sie stammt aus dem Nachlass, also dem Erbe von Friedrich Wilhelm Raiffeisen. Der Hammer! Eine echte Sensation! Bis man Näheres herausgefunden hat, bleibt die Scherbe unter Verschluss. Das wollte ich euch nur kurz erzählen. Jetzt muss ich Schluss machen. Wir hören voneinander!“ Dann klickte es, und das Gespräch war abrupt beendet.

„Das ist ja ein Ding!“, pfiff Nikolas.
„Müssen wir wirklich übermorgen schon heimfahren?“, jammerte Lilly.
„Jetzt müssen wir erstmal zum *Herbstlabyrinth*“, entgegnete Oma. „Sonst verpassen wir unsere Tour. Ich lass mein Handy angeschaltet, dann hören wir ja, falls Steffi sich wieder meldet.“
„Okay, dann los!“, spornte Opa die Truppe an.

Gerade noch rechtzeitig erreichten sie den Parkplatz, von dem aus die Wanderung auf dem *Karstlehrpfad* starten sollte. Nach einer kleinen Fossiliensuche marschierte ihre kleine Gruppe, zu der neben Lilly, Nikolas und den Großeltern nur noch eine weitere Familie gehörte, in den Wald hinein.
Die Pfade schlängelten sich an meterhohen Felswänden entlang, die stellenweise mit Moos und monströsen Pilzen bewachsen waren und so eine mystische Atmosphäre schufen. Unebene, manchmal sehr glatte Stufen mussten die Wanderer erklimmen. Die Steigung war nicht ohne. Alle klammerten sich am hölzernen Geländer entlang einer kurzen, aber gefährlichen Teilstrecke fest, an der es mehr als zehn Meter in die Tiefe ging. Keine zwei Personen hatten nebeneinander Platz. ‚Jetzt darf uns niemand entgegenkommen!‘, dachte Lilly, als sie voller Respekt den Abhang hinunterblickte.
Dann gelangten sie an eine erste sogenannte Steinkammer. Was für ein Gebilde! Eine riesige Höhle tat sich vor ihnen auf. Gigantische Felsen, aus deren Rissen Farne und sogar Bäume wuchsen. Ihre Wanderführerin Katharina erzählte von Höhlenbären, die hier einst gelebt hatten.
Nach einem weiteren Stück des Weges erreichten sie die zweite Steinkammer. Hier hineinzuklettern war schon recht unheimlich, fand Lilly.

Von außen wirkte sie weniger gigantisch, aber nach innen führte nur ein sehr schmaler Pfad, und man konnte absolut nichts, aber auch wirklich gar nichts sehen. Es war nur schwarz. Wer wusste schon, was einen da drinnen erwartete?

Katharina empfahl dennoch, den Weg ohne Taschenlampen- oder gar Handylicht zu bewältigen und nur zu tasten, das verstärke den Nervenkitzel. Am besten war die Steinrutsche, auf der jeder, der mutig genug war, durch die dunkle Höhle rutschen und dann in einem Laubhaufen landen konnte.

Nikolas war ohne Bedenken vorangegangen. Lilly hörte ihn johlen, und als er übersprudelnd vor Begeisterung wieder oben am Höhleneingang auftauchte, wollte sie es auch wagen. Sie hatte ein wahnsinniges Kribbeln im Bauch. Die Felswände fühlten sich kalt und etwas glitschig an. Als ihre Finger auf etwas Moos glitten, erschrak Lilly und kreischte kurz auf. Im nächsten Moment nahm sie ein helles Licht am Ende des Höhlenganges war, stolperte fast, setzte sich wie automatisch hin und rutschte auch schon los.

Ja, das war wirklich cool! Jetzt wollte Lilly gleich noch mal rutschen. Beiden machte es so viel Spaß, dass die Geschwister darüber die „Operation Scherbe" völlig vergaßen ...

Wieder an der Rezeption der *Tropfsteinhöhle „Herbstlabyrinth"* angekommen, legten sie eine Pause ein und verstauten dann Omas Rucksack in einem Schließfach. Nun stand die Höhlenführung auf dem Programm.

„Bevor wir jetzt 125 Stufen in die Höhle hinabsteigen, hier noch einige wichtige Hinweise", begann der Höhlenführer Hannes seine Erläuterungen. „Wie in jeder Tropfsteinhöhle gilt auch hier: Anfassen verboten! Denn Berührungen könnten die Zerstörung des Gesteins zur Folge haben", betonte er mit ernster Miene.

Lilly und Nikolas hatten ja schon Tropfsteinhöhlen besucht. Dennoch war jede wieder anders und neu. Jede hatte ihren eigenen Reiz, und in jeder gab es Faszinierendes zu sehen.
Durch das sogenannte *Herbstlabyrinth* führten Wege und Treppen aus Metall. Die Höhlenwände waren effektvoll beleuchtet, damit die Tropfsteingebilde gut zu sehen waren. Die typischen Stalagmiten und Stalaktiten fanden die Besucherinnen und Besucher hier weniger. „Sieht aus wie Pfannkuchenteig oder Zuckerguss!", fand Lilly, als sie die stalaktitischen Formen betrachtete, die sich über die Felsvorsprünge ergossen. Die stalagmitischen Formen erinnerten Lilly und Nikolas an Kleckertürme, wie sie sie gerne am Strand bauten.
„Diese Gesteinsformen, die ihr hier seht, sind weltweit absolut einzigartig", sagte der Höhlenführer stolz und zeigte auf ein langes, schmales Gebilde. „Wir nennen es den ‚Speck' oder auch ‚Bacon' für unsere internationalen Gäste." Das Ding sah tatsächlich aus wie ein gigantischer Streifen gebratener Speck, fanden Opa und Nikolas, und ihnen lief das Wasser im Mund zusammen.
Oma und Lilly wurde langsam kalt. Die Temperatur hier unten betrug schließlich auch nur 9 Grad Celsius, und das bei nahezu hundert Prozent Luftfeuchtigkeit. Da kroch die Kälte richtig durch den Stoff. Beim Sprechen quollen Dampfwolken aus ihren Mündern – das sagte ja eigentlich schon alles!
Am Ende der Tour fragte Hannes die Gäste, wer hier wohl in der Höhle gelebt haben mochte. Er zeigte einen uralten großen Knochen hoch, den alle sogar einmal anfassen durften. „Der ist über 30.000 Jahre alt. Was meint ihr, zu welchem Lebewesen gehörte der wohl?"
Lilly ulkte: „Einem Riesen".

Aber Nikolas erinnerte sich an den Höhlenbären, den Katharina vorher erwähnt hatte, und gab die richtige Antwort. Zu guter Letzt reichte Hannes ein Stück von einem Tropfstein herum. Diesen durften sie berühren. Er fühlte sich irgendwie eigenartig an – mehr wie eine Muschel als wie ein Stein, fand Lilly.

„Habt ihr noch Fragen?“, erkundigte sich Höhlenführer Hannes bei seinen Gästen. „Ja“, meldete sich Opa zu Wort. „Warum heißt diese Höhle eigentlich Herbstlabyrinth?“

„Ganz einfach. Als sie 1993 entdeckt wurde, war es Herbst. Und weil es nicht nur eine große Höhle war, sondern mehrere kleinere, die sehr verschachtelt angeordnet sind, entschieden sich die Entdecker für den Begriff ‚Labyrinth'. Der Zugang für Besucherinnen und Besucher ist übrigens erst seit 2009 möglich."

Keuchend kamen sie nach der einstündigen Expedition wieder oben an. „Puh – die 125 Stufen haben es aber in sich!", japste Oma und hakte sich auf den letzten Metern bei Opa unter.

SPANNUNG BIS ZUM SCHLUSS

„Omi, Omi, schau bitte schnell auf dein Handy, ob sich Steffi bei dir gemeldet hat!“, bettelte Lilly.
„Moment, Kind“, bremste Elli ihre Enkelin. „Wir müssen erst einmal die Rucksäcke aus den Fächern holen, damit ich an mein Handy komme. Außerdem muss ich noch mal auf die Toilette.“
Ungeduldig lauerten die Geschwister auf ihre Oma. Als sie zurück war, kramte sie ihr Mobiltelefon aus dem Rückengepäck und schaltete es an.
„Ein entgangener Anruf ... ah, und eine Sprachnachricht“, stellte Elli bei ihrem Blick auf das Display fest.
Gebannt lauschten alle: „Hallo zusammen, Steffi hier. Passt auf, ich habe ...“, dann ertönte ein lautes Rauschen, und es klickte. Ende der Nachricht.
„Steffi hat ... was?“, fragte Nikolas.
„Ich weiß es nicht. Ich habe keine Ahnung“, sagte Oma.
„Können wir Steffi bitte zurückrufen?“, flehte Lilly mit dem typischen „Ach-bitte-bitte- bitte-liebste-Omi“-Blick.
Diesem konnte Elli nie widerstehen. Außerdem war sie selbst neugierig. So tippte sie auf die entsprechenden Tasten. „Der gewünschte Teilnehmer ist vorübergehend nicht erreichbar“, ertönte die Stimme einer automatischen Ansage aus Omas Telefon.
Jetzt wurden die beiden Westerwald-Abenteurer noch ungeduldiger. Was zum Kuckuck hatte Steffi gemacht, getan, versucht, erreicht, gesagt, erfahren, herausgefunden ...? WAS? Aber sie konnten jetzt nichts weiter tun, sondern mussten abwarten.

Es war nicht einfach, ein gutes Gasthaus in dieser Gegend zu finden, das am Nachmittag geöffnet hatte. Sie hatten die Gegend ein wenig per Wohnmobil erkundet und waren in Alpenrod gelandet.

Die *Alpenroder* Hütte war überall im Westerwald bekannt. Die Almhütte wurde einst in Anlehnung an den Ortsnamen gebaut. Diesen alpenländischen Stil kannten Nikolas und Lilly von ihrem Urlaub im Allgäu.

Die Geschwister trotteten ihren immer noch bestens gelaunten Großeltern hinterher, nahmen auf einer der Bänke draußen Platz und gaben ihre Bestellung auf. Die Kinder sprachen kaum. Nikolas versuchte, Häuser aus Bierdeckeln zu stapeln, die auf dem Holztisch lagen. Lilly bastelte eine Blume aus einer Papierserviette. Als das Essen kam, raspelten sie missmutig und appetitlos an ihren Schnitzeln herum.

„Habt ihr denn gar keinen Hunger, ihr zwei?“, sprach Oma ihre Enkel voller Mitgefühl über den Biergarten-Tisch hinweg an. Opa verspeiste mit viel Genuss sein Jägerschnitzel mit Bratkartoffeln und einem großen Beilagensalat, Oma verputzte ihre sehr delikate Erbsensuppe. Aber Lilly und Nikolas ... Es war hoffnungslos!

Dann endlich bimmelte Ellis Telefon. „Oma, Oma – geh doch ran!“, drängelte Nikolas.

„Ja hallo ...“, meldete sich seine Großmutter, erwartungsvoll dreinblickend. „Ja, ja, Steffi – ich ... ich, warte ...“.

„Es ist Steffi! Yes! Na endlich!“, jauchzte Lilly.

„Steffi, einen Moment, ich reiche mal den Hörer weiter ...“, kündigte Oma an und übergab Nikolas das Telefon. Er hielt es direkt zwischen sein Ohr und das seiner Schwester, damit beide gleichzeitig alles hören konnten. Oma wollte es nicht auf Lautsprecher stellen, um die anderen Gäste nicht zu stören und diese auch nicht zu neugierigen Mithörern zu machen.

„Entschuldigt, dass ich mich erst jetzt melde. Ihr wartet bestimmt schon auf Neuigkeiten, oder?“, entschuldigte sich Steffi.
„Nein, überhaupt nicht!“, meinte Nikolas ironisch. „Hallooo? Wir PLATZEN vor Neugier!“
„Das hab ich mir gedacht“, sagte die Keramikerin.
Sie hatte Phänomenales zu berichten: „Ihr werdet es nicht glauben, aber die Scherbe, die Ben gefunden hat, stammt von einem Gefäß, das vor einer Weile gestohlen wurde, und zwar aus einer privaten Sammlung. Die Polizei hat den Dieb wohl schon geschnappt! Gibst du mir bitte noch mal kurz eure Oma?“, bat die Anruferin.
Nikolas gab das Telefon wieder zurück an Oma. „Wo wir sind?“, wiederholte diese Steffis Frage. „Wir sitzen in Alpenrod bei guten Schnitzeln und Erbsensuppe“, gab Elli Auskunft.
„Ach echt? Dann seid ihr ja ganz in unserer Nähe“, folgerte Steffi. „Wir sind nämlich in Steinebach, um die Kinder von einem Geburtstag abzuholen, der in der *Grube Bindeweide* gefeiert wurde. Wenn ihr noch Zeit und Lust habt, kommt doch vorbei, dann treffen sich die Kinder heute Abend noch einmal, bevor ihr übermorgen wieder nach Berlin abdüst“, schlug die Mutter von Mia, Lina und auch Ben vor.
„In Ordnung, sehr gern“, sagte Oma zu. Sie wusste, dass sie die anderen gar nicht fragen brauchte. Und sie hatte vollkommen richtig vermutet. Die Geschwister waren außer sich vor Freude im Hinblick auf die Abendgestaltung. Und Opa war froh, dass seine Enkel endlich besserer Laune waren. Da fuhr er gern noch die paar Kilometer bis nach Steinebach.

Vor dem Besucherzentrum warteten Steffi und Sascha auf ihre Mädels. Ben war nicht eingeladen gewesen – es war eine reine Mädchenparty. Daher freute er sich jetzt sehr über die beiden Besucher aus Berlin, die ihm das Warten leichter machten.

„Ein Kindergeburtstag in einem Bergwerk – ungewöhnlich, aber hat was“, befand Oma, als sie die Geburtstagsgesellschaft, die mit gelben Regenjacken und Bauhelmen bekleidet war, erspähte.

„Ja – auch Betriebsausflüge sind möglich, und sogar Heiraten kann man hier“, pries eine Mitarbeiterin des *Grubenmuseums* an.

„Boah – diese Bahn! Der eiskalte Hammer, Leute!“, posaunte Lina laut, als sie sich den Helm vom Kopf montierte. „Mia hat sich beinahe in die Hosen gem...“

„Hab ich gar nicht“, unterbrach Mia ihre große Schwester. „Du bist doof!“

„Du bist selber doof!“, erwiderte Lina gereizt.

„Lass doch, Lina – es gibt Wichtigeres“, meinte Ben, der die Grubenbahn schon kannte und bestätigte: „Lilly, Nikolas. Diese Bahn ist echt krass. Wenn ihr mal wieder im Westerwald seid, dann müsst ihr da runter!“

„Heute geht das leider nicht mehr. Es ist zu spät, das Museum schließt in ein paar Minuten“, sagte Sascha bedauernd.

Auf einmal bewegte sich ein Schatten am Eingang genau dort, wo die Grubenbahn abgestellt war. Rasch wurden die Umrisse einer Person erkennbar, die ... den Anschein machte, aus einer anderen Zeit zu stammen! Das Raiffeisen-Double! Da war es wieder!

Was wollte der Mann noch? Wieder die Scherbe klauen? Er musste sich doch denken können, dass sie nun niemand mehr so einfach bei sich trug. Vielleicht wollte er sich aber auch nur verstecken, da er ja zur Fahndung ausgeschrieben war, überlegte die fünfköpfige Scherben-Soko.

Sollten sie nicht besser die Polizei benachrichtigen? Als sich dann aber nichts weiter tat und weder die rätselhafte Person noch ihr Schatten noch einmal auftauchte, kamen ihnen Zweifel. Vielleicht hatten sie sich den Schatten ja auch nur eingebildet. Obwohl ... sie hatten ihn alle gesehen. Alle.

AUFKLÄRUNG IN ALTENKIRCHEN

Am Morgen herrschte im Wohnmobil nach einer weiteren Nacht in Bad Marienberg allgemeine Unlust aufzustehen. Jedoch weckte das hartnäckige Summen von Omas Mobiltelefon alle auf.

„Himmel! Es ist schon fast neun!" Beim Blick auf das Gerät schreckte Elli hoch. Sie nahm den Anruf entgegen: „Ja bitte?"

„Guten Morgen, Hauptkommissar Martin Mühlkämper von der Polizei Altenkirchen hier", meldete sich der Anrufer.

„Guten Morgen, Herr Hauptkommissar!", erwiderte Oma Elli überrascht.

Schlagartig waren alle wach. „Was ist?", fragte Lilly aufgeregt von ihrem Bett herab.

„Was ist los?", wollte auch Nikolas sofort wissen.

Omas „Ja ... Ja, natürlich" verriet ihnen leider nichts. Endlich legte Elli auf. „Ihr seid als Zeugen geladen und sollt sofort nach Altenkirchen aufs Polizeirevier kommen", verkündete sie ihren Enkeln. Die beiden schossen aus ihren Betten empor. Selten hatten sie sich so schnell gewaschen, die Zähne geputzt und sich angezogen.

„Ihr müsst aber was im Magen haben, wenn ihr bei der Polizei als Zeugen aussagen sollt", meinte Oma und mischte jedem ein kräftiges Müsli zusammen, in das sie außerdem frische Äpfel und Bananen schnippelte.

Opa hatte Kaffee gekocht und zwei Becher Milch in der Mikrowelle warm gemacht. „Kakao bitte, Opi", wünschte sich Lilly.

„Für mich auch Kakao, bitte", fügte Nikolas hinzu.

Einige Minuten später verließ das Wohnmobil Bad Marienberg.

„So – da sind wir", verkündete Jo die Ankunft in Altenkirchen nach einer ziemlich rasanten, gut einstündigen Fahrt durch den Westerwald. Er ließ Eli mit den Kindern an der Polizeiwache aussteigen, bevor er das große Fahrzeug wendete und auf dem Parkplatz schräg gegenüber abstellte.

Inzwischen hatten die drei schon das richtige Büro gefunden. Auf Stühlen auf dem Gang vor dem Büro des Kommissars saßen bereits einige ihnen gut bekannte Personen: Steffi, Sascha sowie Ben, Lina und Mia. Und Nadine!

„Wir haben ihn wohl, euren Raiffeisen-Mann", gab Hauptkommissar Mühlkämper stolz bekannt, als er den Gang heraufgelaufen kam und dabei eine große Teekanne und diverse Tassen auf einem Tablett balancierte.

„WAS? ECHT JETZT?", riefen Ben und Nikolas überrascht wie aus einem Mund.

„Ja, wir glauben es zumindest", bestätigte der Hauptkommissar. „Es geht gleich los mit der Zeugenvernehmung. Einen kleinen Augenblick Geduld bitte noch", bat er und verschwand in seinem Büro.

Eigentlich wäre die Polizei Betzdorf zuständig gewesen, aber wegen eines anderen Großeinsatzes, zu dem fast alle Polizisten dort ausrücken mussten, hatte man die Vernehmung nach Altenkirchen verlegt.

Kurz darauf kam Opa Jo endlich nach – genau in dem Moment, als Sascha zusammen mit seinem Sohn aufgerufen wurde. Ein bisschen nervös war der Finder der Scherbe jetzt schon. Doch rasch löste sich die Anspannung, weil Herr Mühlkämper erstens sehr nett war und zweitens schöne Grüße von seiner Kollegin Mona Rodenbach ausrichtete, mit der sie ja bislang in Sachen Raiffeisen-Mann zu tun gehabt hatten und die viel Erfolg bei den weiteren Ermittlungen wünschte. Nach zwanzig Minuten erschienen Vater und Sohn wieder und wurden natürlich sofort von Nikolas ausgefragt.

„Ich habe ihnen alles über die Scherbe erzählt und wie das war an dem Tag, an dem wir auf der Demo waren", unterrichtete Ben die Neugierigen.
Dann wurde Steffi aufgerufen. Sie beschrieb das Fundstück und bestätigte den Wert der Scherbe im Hinblick auf die geschichtliche Bedeutung. Die Keramik-Expertin gab außerdem zu Protokoll, dass man mittlerweile festgestellt hatte, dass die Scherbe von einem Gefäß aus einem Nachlass Friedrich Wilhelm Raiffeisens stammte. Teile dieser Sammlung seien aber vor nicht allzu langer Zeit gestohlen worden.
Dann sollte sie den Mann beschreiben, der ihre Tasche vom Beifahrersitz ihres Wagens entwendet hatte. Steffi war es ein wenig peinlich, als sie den Mann als eine Person beschrieb, die verblüffende Ähnlichkeit mit dem echten Herrn Raiffeisen aus dem vergangenen Jahrhundert hatte. Aber so war es ja nun mal!
Deshalb war sie sichtlich erleichtert, als sie mit der Vernehmung fertig war. Erschöpft nahm sie auf einem der Stühle auf dem Gang Platz. Sascha holte ihr einen Kaffee mit viel Milch und extra viel Zucker.
Der Reihe nach wurden nun zunächst Nadine und einige andere Zeugen ins Amtszimmer gebeten, die die Kinder nicht kannten. Lilly und Nikolas zappelten auf ihren Stühlen herum, liefen den Gang auf und ab und wollten endlich auch drankommen.
Es dauerte eine gefühlte Ewigkeit, bis Hauptkommissar Mühlkämper endlich die Geschwister aus Berlin aufforderte, zur Vernehmung einzutreten. Zuerst war Nikolas an der Reihe. Selbstbewusst betrat er vor seinem Großvater den Raum. Er blickte sich um und war ein wenig enttäuscht.
Es sah wie in einem ganz normalen Büro aus. Hier hingen weder Fotos von Verdächtigen an Pinnwänden noch trugen die Beamten Waffen an ihren

Gürteln. Nichts, was darauf hinwies, dass er sich mitten in Ermittlungen zu einem Verbrechen befand.

„So, Nikolas", startete Herr Mühlkämper die Vernehmung. „Du hast den mysteriösen Mann auch gesehen, der verdächtigt wird, die Scherbe gestohlen zu haben, die dein Freund Ben auf dem Gelände der *Tonzeche* gefunden hat?"

„Ja, habe ich. Er ist mir sofort aufgefallen, weil er so eigenartig gekleidet war", sagte Nikolas im Beisein von Opa, der im hinteren Eck des Verhörzimmers saß.

„Was meinst du mit ‚eigenartig'?", hakte der Polizist nach.

„Er hatte alte Sachen an", antwortete der Befragte.

„Aha, also alt. Mein Hemd hier ist auch schon ziemlich alt", sagte der Ermittler und zupfte kurz an seinem blaukarierten Oberhemd.

„Oh, nein, nein. So meinte ich das nicht!", widersprach Nikolas. ‚Man muss hier aber echt höllisch aufpassen, was man sagt', dachte er bei sich.

„Wie meintest du es denn?" Kommissar Mühlkämper gab ihm noch eine Chance, seine Aussage zu korrigieren.

„Mit ‚alt' meinte ich ‚historisch'. Er trug Kleidung wie vor hundert oder zweihundert Jahren. Und weil wir vorher in einem Museum waren, wo lebensgroße Figuren aus der Zeit von Raiffeisen aufgestellt waren, kam uns der Typ sofort irgendwie bekannt vor."

„Wem noch? Wen meinst du mit ‚uns'?", bat der Hauptkommissar um genauere Angaben.

„Lilly. Lilly ist meine Schwester. Sie ist draußen. Soll ich sie hereinholen, damit sie meine Aussage bestätigen kann?", schlug Nikolas vor.

„Das machen wir dann schon, junger Kollege." Der Leiter der Ermittlungen lachte und zeigte Nikolas ein Foto von einem Mann. „Eine letzte Frage: Könnte er das gewesen sein?"
„Hm, ich denke schon. Ich ... ich ..." Nikolas war nun leicht verunsichert. Ihm war unwohl, da durch seine Aussage vielleicht ein Unschuldiger eingesperrt werden würde, falls er sich irrte. Andererseits mussten Verbrecher gestellt und verurteilt werden, fand er. Eigenartig – die ganze Zeit war Nikolas so erpicht darauf gewesen, den Raiffeisen-Mann zu schnappen. Und jetzt war es so weit – zumindest sah es so aus – und er geriet ins Zweifeln.
„Und? Wie sieht's aus, Herr Detektiv?", riss der Beamte ihn aus seinen Gedanken.
„Na ja. Ja, er könnte es gewesen sein. Könnte!", formulierte Nikolas vorsichtig.
„Okay. Du kannst jetzt gehen. Vielen Dank für deine Mithilfe", sagte Martin Mühlkämper und schrieb ein paar Notizen in ein kleines Heft.
Lilly war die letzte Zeugin. Wie bei allen anderen zuvor nahm ein Polizist an einem Computer sitzend ihre persönlichen Daten auf: Name, Wohnort, Geburtsdatum, Geburtsort. Als Lilly dem Beamten ihren Namen, ihre Adresse und schließlich ihr Geburtsdatum genannt hatte, lächelte der, erhob sich und gratulierte ihr: „Na, dann mal herzlichen Glückwunsch! Alles Gute zum Geburtstag, Lilly, letzte Zeugin am heutigen Vernehmungstag!"
„Geburtstag? Hä?" Lilly war für einige Sekunden total durcheinander. Doch dann wurde ihr plötzlich klar: „Geburtstag! Ich habe heute Geburtstag!", johlte sie, blickte über ihre Schulter zu Opa, der auch während Lillys Verhör im hinteren Eck des Büros saß. Beide mussten lachen.
Hauptkommissar Mühlkämper gratulierte ebenfalls, nahm noch schnell die Aussage des Geburtstagskindes auf und entließ sie und ihren Großvater dann lachend aus seinem Büro.

„Warum lacht ihr denn so? Was hast du da gesagt?“, fragte Nikolas.

Vor lauter Kichern – was ihren Bruder schon wieder nervte – konnte Lilly kaum sprechen. „Weil ... hihihi ... weil ... hihi ... weil ich ... hahaha...“

„Nun sag schon! Weil WAS?“, fragte Lina, die schon mitlachen musste.

Lilly holte tief Luft und prustete dann los: „Weil ich heute Geburtstag habe! Und ich das total vergessen hatte!“ Dann lachte sie wieder und zwar so lange und so heftig, bis ihr der Bauch wehtat und die Tränen kamen.

Jetzt mussten alle mitlachen. Außer Oma. Sie schüttelte den Kopf über sich selbst. Wie hatte sie nur den Geburtstag ihrer Enkelin vergessen können?! Dabei hatte ihr ihre Tochter Alexandra extra ein Geburtstagsgeschenk für Lilly mitgegeben. Und sie selbst hatte natürlich auch eins für sie dabei.

„Ach Omi, mach dir doch keinen Kopf! Ist alles gut! Einen spannenderen Geburtstag hätte ich mir kaum vorstellen können!“, tröstete Lilly ihre Großmutter, die ihre Enkeltochter in die Arme nahm und fest drückte.

„Nach all der Aufregung haben wir uns aber etwas Erholung verdient!“, sagte Opa beim Verlassen des Polizeireviers.

„Du hast recht, Liebling. Wollen wir nicht einfach durch Altenkirchen schlendern?“, schlug Oma vor.

„Au ja, Omi! Das machen wir“, stimmte das Geburtstagskind sofort fröhlich zu. Denn Lilly hatte am Parkplatz gerade ein Plakat erspäht und fragte: „Was ist die ‚Herbst-Fashion‘? Das soll nämlich heute hier in Altenkirchen sein.“

Nadine kannte sich aus. „Das ist eine gemeinsame Modenschau der Bekleidungsgeschäfte hier in der Stadt. Mit viel Musik und allem Drum und Dran. Was meint ihr, liebe Geburtstagskind-Großeltern?“

„Geht in Ordnung“, erklärte sich Oma umgehend einverstanden, nicht zuletzt, weil sie selbst Lust zu diesem Mode-Vergnügen hatte.

Apotheke

In Altenkirchen war schon mächtig was los. Viele Läden hatten an diesem Sonntag bis 18 Uhr geöffnet. Oma Elli stöberte in einer Boutique länger als in der anderen. Opa Jo entdeckte eine wundervolle Buchhandlung. Dort unterhielt er sich angeregt mit der Buchhändlerin übers Wandern und das Reisen im Wohnmobil, während Nadine in Kinderbüchern blätterte. Lilly und Nikolas waren mit ihren Freunden erst im Stadtpark namens „Parc de Tarbes" und nun in der Fußgängerzone unterwegs.

Plötzlich summte Nadines Handy: eine Nachricht von Steffi, die fragte, wo sie blieben. In zehn Minuten gäbe es eine Überraschung auf dem Marktplatz.

Nadine trommelte daraufhin eilig alle zusammen. Opa ließ sich zwei Bücher zurücklegen, die er auf dem Rückweg abholen wollte.

Auf dem Marktplatz war ein riesiges Zelt aufgebaut, in dem sich ein langer Laufsteg befand. Der Moderator kündigte gerade die nächste Modenschau an: „Und jetzt, meine sehr verehrten Damen und Herren, liebe Kinder, liebe Fashion-Fans, sehen Sie junge Mode für die Festtage! Bestaunen Sie die Kollektionen, die von unseren Nachwuchsmodels präsentiert werden: Lina, Lisa, Lara, Jan, Tom und Maxim. Als Überraschungsgast heute dabei: Lilly aus Berlin!"

Oma und Opa trauten ihren Augen kaum! Da schwebte ihre Enkelin tatsächlich gerade in einem festlich glitzernden Kleid über einen Laufsteg! Alle applaudierten, Bravo-Rufe ertönten. Steffi machte ein Video mit ihrem Handy. Sie schickte es Elli später, denn diese war viel zu überwältigt, als dass sie daran gedacht hätte, das alles selbst zu filmen oder zu fotografieren. Dreimal stolzierte Lilly in schicken Kleidern im Scheinwerferlicht über den Steg.

Nikolas mochte zwar das ganze Glimmer-Glitzer-Fashion-Ding nicht, aber ein wenig stolz war er jetzt schon auf seine kleine Schwester. Das musste

Altenkirchener Herbst-Fashion

er zugeben. Am Ende bekam Lilly ein feines Halstuch von einer Modehaus-Inhaberin geschenkt. Es sah aus wie eine bunte Blumenwiese. Lilly würde es für ewig in Ehren halten, versprach sie sich selbst.

Auf dem Rückweg holte Opa seine Bücher ab und suchte noch einen Westerwald-Magneten für den Kühlschrank daheim aus. Lilly und Nikolas kauften eine Altenkirchen-Tasse für Mama und einen Foto-Kalender vom Raiffeisenland für Papa.

„Was für ein Urlaub, oder?! Omi, Opi – Kompliment! So coole Ferien hatte ich euch ehrlich gesagt nicht zugetraut“, offenbarte Nikolas.

„Da muss ich zustimmen – ihr seid wirklich moderne Großeltern“, lobte Nadine die Besucher aus Berlin. „Ich möchte euch gern zu mir einladen. Hier ist die Adresse. Es ist nur drei Kilometer entfernt – praktisch nur einen Hügel hinauf. Dort könnt ihr auch gern über Nacht bleiben. Im Hof ist genug Platz fürs Wohnmobil.“

Mit einem herzlichen Dankeschön nahmen die Urlauber die Einladung an, zumal Nadine auch noch eine Nachtwanderung auf dem *Panorama-Weg* in Aussicht stellte.

Lilly und Nikolas waren durch all den Trubel in Altenkirchen so abgelenkt, dass sie gar nicht merkten, wie sich Steffi, Sascha und ihre Kinder abseilten. Sie hatten nämlich noch eine Überraschung für Lilly ...

Als sie in Fluterschen – so der etwas seltsame Name des Dorfes bei Altenkirchen – ankamen, war Familie Seifen bereits dort. Sascha und Steffi präsentierten eine bunte Geburtstagstorte mit Lillys Namen in Schoko-Schrift. Alle fünf Seifens sangen „Happy Birthday“, und die Ankömmlinge stimmten sofort mit ein.

„So – die essen wir jetzt! Kommt rein!“, hieß Nadine alle in ihrem Haus willkommen und bereitete einen fruchtig duftenden Tee zu. Lilly schnitt ihre Torte an und lud jedem ein Stück davon auf einen Teller. Gerade als sie die Gabel in ihr Stück stach, klingelte es an Nadines Haustür.

„Wer ist das denn jetzt?", fragte die Hauseigentümerin irritiert. „Haben wir jemanden draußen vergessen? Sind alle da?" Es waren alle da. Alle saßen am Tisch. Wer konnte das also sein?

„Hauptkommissar Mühlkämper!", rief Lilly als Erste.

„Da staunt ihr, was?! Ich wollte doch vorbeikommen und euch berichten, dass der Täter gestanden hat, und kurz erzählen, was es mit dem Raiffeisen-Mann und der Jagd nach Bens Scherbe auf sich hatte."

„Echt cool von Ihnen!", bedankte sich Lilly.

„Sie nehmen doch bestimmt auch ein Stückchen?", fragte Elli in der Annahme, der Kommissar habe nach seinem ungeplanten Arbeitstag an diesem Wochenende bestimmt auch Appetit auf ein Stück Kuchen.

„Ja gern, aber nur ein kleines. Ich muss auf meine Linie achten", sagte er und rieb mit der rechten Hand über seinen runden Bauch. „Nun, gestern Abend ging uns – dank Ihres Hinweises, Herr Seifen – in der Nähe des *Grubenmuseums Bindeweide* ein Herr ins Netz, der eine Verkleidung aufwies wie von euch und Ihnen allen beschrieben. Er trug ein Raiffeisen-Kostüm."

„Also doch!" Die Scherben-Soko freute sich über ihre gute Beobachtungsgabe und war überrascht zu hören, dass Sascha doch noch die Polizei informiert hatte. Und Sascha war erleichtert, dass er mit seinem Anruf das Richtige getan hatte, so spät es gestern Nacht auch gewesen war.

„Zunächst verweigerte der Halunke hartnäckig jede Aussage. Doch irgendwann gab er auf. Wir hatten zu viele Indizien, die ihn eindeutig verdächtig machten", schilderte der Polizist. „Vor einigen Tagen hatten wir ja schon einen anderen Mann festgenommen, der im Zuge der Vernehmung aussagte, er habe im Auftrag eines ihm Unbekannten einen Einbruch begangen und einige Tongefäße gestohlen. Dafür hat er von dem unbekannten Auftraggeber Geld bekommen. Als Übergabeort wurde ihm das Gelände der *Tonzeche* genannt. Er brachte die Sachen auch dorthin und versteckte sie wie vereinbart. Als er sich zurückzog, fiel ihm ein Mann in einem historischen Kostüm auf, und er beobachtete, wie dieser sich die Tüte mit den Tongefäßen nahm. Später erfuhr er durch den Artikel in der Zeitung, dass wir nach einem Mann im Raiffeisen-Kostüm fahndeten. So stellte er sich selbst und erzählte davon. Er hatte ein zu schlechtes Gewissen und brachte das Geld vollzählig mit, das er für den Diebstahl kassiert hatte. Er kommt daher wahrscheinlich mit einer kleinen Strafe davon."

„Okay, und wie geht's weiter?", fragte Nikolas ungeduldig.

„Ursprünglich hatte der als Friedrich Wilhelm Raiffeisen Kostümierte vor zu behaupten, er habe die Krüge auf dem Gelände gefunden, und zwar komplett und nicht in Scherben. Kurz nach der Übergabe stolperte er jedoch über einen Baumstumpf und fiel hin. Durch den Aufprall riss die Tüte entzwei, und ein Krug zerbrach in tausend Stücke, wie man so sagt. Die lagen nun verstreut auf dem Boden. Den Täter beschlich plötzlich Panik. Beim Anblick der Scherben überkamen den Naturschützer Zweifel, ob sein Plan wirklich so gut war. So versuchte er hektisch, alle Gefäße und Scherben einzusammeln und das Diebesgut doch lieber anonym wieder abzugeben. Dummerweise hinterließ er aber aus Versehen diese eine Scherbe, die ausgerechnet die verräterischen Anfangsbuchstaben F W R trug und von Ben einige Stunden später gefunden wurde. Da versuchte der Raiffeisen-Mann natürlich, diese Scherbe wiederzubekommen, damit die gesamte Straftat unentdeckt blieb", erläuterte der Kommissar.

„Klingt erstmal logisch", meinte Ben.

„Aber warum das Kostüm?", fragte Lilly.

„Und wozu überhaupt das alles?", wollte Lina wissen. „Da fällt mir auf – haben Sie gerade Naturschützer gesagt? Inwieweit ist der Raiffeisen-Mann denn nun Naturschützer? Was hat das alles miteinander zu tun?"

„Tja, das Kostüm nutzte er zur Tarnung, schließlich lebt er in der Nähe der *Tonzeche* und wollte unerkannt bleiben. Auf meine Frage hin, warum gerade dieses Kostüm, äußerte der Festgenommene, dass er heimatverbunden und ein Fan von Raiffeisen sei."

„Na, toll!", brummte Nadine verärgert. „Der Friedrich Wilhelm war ein anständiger Mann, der sich für die Belange der Ärmeren eingesetzt hat und

Genossenschaftsgründer im Sinne des gemeinsamen Handelns zum Wohle der Allgemeinheit war. Und der hier?!"

„Ist ein mieser Verbrecher!", urteilte Mia wütend.

„Tja – das sah der Herr nicht so. Er fand, es sei ungerecht, auf dem Gelände der *Tonzeche* Windkraftanlagen zu errichten, statt es endlich offiziell zum Vogelschutzgebiet zu erklären", führte Martin Mühlkämper weiter aus und nahm gern noch ein Tässchen Tee zur Torte.

„Wie jetzt?" Oma Elli verstand den Zusammenhang nicht ganz.

„Nun, deshalb die Demos in letzter Zeit", erklärte Hauptkommissar Mühlkämper weiter. „Obwohl bekannt ist, dass dort viele Zugvögel Halt machen und sich eine vielfältige Pflanzenwelt entwickelt hat, die wichtig für den Fortbestand von Bienen und anderen Insekten ist, spielt man ernsthaft mit dem Gedanken, dort Windkraftanlagen hinzubauen. Es gibt an dieser Stelle nicht viele Bewohner, die sich über Lärm und Lichtbeeinträchtigungen beschweren könnten."

„Außer dem Raiffeisen-Mann", stellte Steffi fest.

„Genau. Der lebt nämlich dort in der Nähe und will nicht nur seine Ruhe, sondern auch die Landschaft so erhalten, wie sie ist", bestätigte Mühlkämper. „Ihm ist die wilde Natur sehr wichtig, das hat er während des Verhörs immer wieder betont. Als er das Gefühl hatte, dass das Vorhaben mit den Windkraftanlagen womöglich verwirklicht werden könnte, bevor das Gebiet offiziell unter Naturschutz gestellt würde, rief er zu den Demos auf. Um auf Nummer sicher zu gehen, dass dort nichts gebaut wird, setzte er noch einen drauf. Der scheinbar archäologisch bedeutsame Fund historischer Gefäße sollte die Bauherren vom Windkraftprojekt abbringen."

„Was ja wieder Quatsch wäre, weil Archäologen auch alles aufgebuddelt hätten, um eventuell noch weitere Fundstücke zu bergen", kommentierte Steffi.

„Schon. Allerdings hätte man nichts gebaut. Schon gar keine riesigen Windräder!“, stellte der Kommissar richtig.
„Stimmt auch wieder“, gab Steffi zu.
„So – nun wisst ihr alles. Nochmals danke für die gute Zusammenarbeit. Und den wirklich sehr leckeren Kuchen. Schönes Wochenende und gute Heimfahrt morgen“, verabschiedete sich Martin Mühlkämper schließlich.
„Jetzt haben wir den Fall doch noch aufgeklärt! DAS ist echt ein mega Geburtstag, Leute!“, fand Lilly und war überglücklich.
„Ja, es war ein toller Tag! Das gemütliche Kuchenessen hat nun auch viel länger gedauert als geplant. Es wird schon dunkel“, leitete Steffi den Abschied ein. „Wir sollten langsam aufbrechen.“
„Und wir machen jetzt noch eine kurze Nachtwanderung?“, fragte Nadine die Feriengäste.
„Also ich kann jetzt nach so viel Sahnetorte einen Verdauungsspaziergang gut gebrauchen“, meinte Opa, und seine Frau schloss sich seiner Meinung an. Auch Lilly und Nikolas freuten sich diebisch auf die Nachtwanderung mit Nadine.
Die Verabschiedung von den neuen Freunden dauerte lange. Lina, Mia und Ben bedauerten es außerordentlich, dass sie an der Nachtwanderung nicht mehr teilnehmen konnten, weil sie am nächsten Tag sehr früh aufstehen mussten. So zogen sie nun das Auf-Wiedersehen-Sagen in die Länge.
Irgendwann sprach Sascha ein Machtwort, und dann war es so weit: Die Scherben-Soko musste sich trennen. „Hui Wäller!“, grüßte Ben noch einmal. Nikolas und Lilly lachten und beantworteten den Gruß richtig mit „Allemol!“ Drei von den fünf Feriendetektiven bestiegen schließlich den VW-Bus. Alle winkten, bis das Auto um die Ecke bog und außer Sichtweite war.

EIN LETZTES ABENTEUER

Es tat Lilly und Nikolas gut, sich mit einer letzten Wanderung vom Abschiedsschmerz abzulenken. „Der *Panorama-Weg* hat seinen Namen von den vielen schönen Ausblicken auf weite Hügellandschaften, wie sie für den Westerwald typisch sind. Nur sieht man in der Nacht davon natürlich nichts“, sagte Nadine mit bedauernder Miene. „Die Strecke wurde einst vom Westerwald-Verein eingerichtet und ausgeschildert. Diese Zeichen hier müsst ihr euch einprägen, denn sie zeigen den *Panorama-Weg* an“, erklärte sie und beleuchtete mit ihrer Taschenlampe ein rechteckiges Schild in Postkartengröße. Sie entdeckten kleine Waldkobolde aus Holz am Wegesrand, sogar Spiele waren ab und zu aufgebaut. Auf zahlreichen Holztafeln standen Rätsel, die es zu lösen galt.

„Die Baumelbank ist ja witzig!“, sagte Lilly kichernd.

„Ihr müsst euch die Erwachsenen anschauen, wenn sie draufsitzen“, knüpfte Nadine an, als Elli und Jo die Bank erklommen. Sie hatte eine überdimensionale Größe, sodass sogar die Beine von Erwachsenen in der Luft baumelten, wenn sie darauf saßen und somit auf einmal ganz klein wirkten. Lilly und Nikolas mussten lachen, es sah wirklich zu komisch aus!
Über eine zierliche Holzbrücke überquerten sie ein kleines Moor und führten den nächtlichen Spaziergang auf Waldwegen fort.
An der Hütte „Zur schönen Aussicht“ angekommen, fragte Nadine: „Na? Könnt ihr noch? Habt ihr noch Lust auf mehr?“
„Au ja! Wir sind noch gar nicht müde!“, beteuerte Nikolas, und Lilly nickte.
„Und wir sind eingefleischte Wanderer“, gab Johann an.
„Gut, dann nehmen wir noch ein Stückchen vom Holzweg mit“, beschloss Nadine und bog in einen weiteren Waldweg ein. „Dieser schöne Wanderpfad ist nicht weit weg von diesem hier, und da findet man auch tolle, teils mystische Holzkunstwerke“, schwärmte sie ihren Gästen vor. Die Großeltern schmunzelten wegen des Begriffs „Holzweg“. Denn „auf dem Holzweg sein“ bedeutet ja auch, sich zu irren.
Bei einem Dorf namens Amteroth nahe Oberwambach machten sie am *Rauen Stein* halt. „Dieser Fels ist magisch“, raunte Nadine mit weit aufgerissenen Augen.
„Als zum ersten Mal die Glocken der Oberwambacher Kirche ertönten, soll der große Stein mit Donnergetöse zu Tal gestürzt sein. Unterhalb der Felswand fließt der Roschbach. So steht es in alten Karten. Das Tal wird Roschseifen genannt. Der Name ‚Seifen‘ kommt im Westerwald häufig vor“, erzählte Nadine – und da mussten die Berliner natürlich alle grinsen, weil sie sofort an Sascha und seine Familie dachten. „Seifen nennt man hier Täler, in denen in alten Zeiten Metalle aus dem Fluss gewaschen wurden.

Goldwäscher wird es hier wohl nicht gegeben haben, aber Kupfer, Zink, Blei und Eisen waren seinerzeit sehr begehrt. Durch den Westerwald führt übrigens auch die Erzstraße. Sie ist entsprechend ausgeschildert. Achtet mal

drauf, wenn ihr morgen heimfahrt", legte Nadine den Urlaubern nahe. „Hier oben sollen die alten Germanen früher ihre heidnischen Götter angebetet und ihnen Opfer dargebracht haben. Den Opferstein, den sogenannten *Rauen Stein* seht ihr nun vor euch", hauchte Nadine geheimnisvoll und richtete ihre Taschenlampe langsam auf den Felsbrocken.
„Oh wow!", bewunderte Nikolas den Felsen, der in diesem Licht tatsächlich magisch wirkte. „Ich kann mir Opferzeremonien hier gut vorstellen", meinte er mit röchelnder Stimme und schaute Lilly dabei mit furchterregender Miene an.
„Mann, Nikolas! Erschreck mich nicht so! Kalt ist mir übrigens auch ein bisschen. Können wir umkehren?", bat Lilly bibbernd.
So machten die Nachtwanderer an dieser Stelle kehrt. Im Wohnmobil überreichte Oma ihrer Enkelin endlich die Geburtstagsgeschenke: ein hübsches, geflochtenes Lederarmband von Oma und Opa und von Mama und Papa eine Eintrittskarte für das Märchen-Musical „Des Kaisers neue Kleider" in einem Berliner Theater.
„Na, das passt ja zu deinem Modenschau-Abenteuer heute", meinten ihre Großeltern lächelnd und gaben ihr einen Gute-Nacht-Kuss auf die Stirn. Schnell schlief Lilly ein. Nikolas schnarchte längst. Er schnarchte wirklich! Er schlief wie ein Murmeltier. Und er träumte. Vielleicht vom *Rauen Stein* ...
Nachdem sie am nächsten Tag ausgiebig gefrühstückt hatten, rollte das Wohnmobil vom Fluterscher Hof Richtung Berlin. Aus zwei Wochen Wanderurlaub im Westerwald war ein spannendes Abenteuer für Lilly und Nikolas geworden.

– Ende –

Stadt Herborn (Rathaus, Leonhardsturm, Hexenturm)
Stadtmarketing Herborn GmbH
Bahnhofsplatz 1, 35745 Herborn
02772/708-1900
www.herborn-erleben.de

Museum Hohe Schule Herborn
Schulhofstraße 3–5, 35745 Herborn
02772/573810

Burg Greifenstein (Glockenwelt, Katharinenkapelle)
Greifenstein-Verein e. V.
Talstraße 19, 35753 Greifenstein
06449/6460
www.burg-greifenstein.net

Campingplatz Ulmbach-Talsperre
Ulmbachtalsperre 1, 35753 Greifenstein
02779/349
www.campingulmtal.de

Ulmbachtalsperre
www.greifenstein.de/freizeit-tourismus-kultur/ulmbachtalsperre.html

Drei-Burgen-Wanderweg
www.greifenstein.de/freizeit-tourismus-kultur/wandern/item/der-drei-burgen-wanderweg.html

Burg Beilstein/Burgruine
Stadt Beilstein
Hauptstraße 19, 71717 Beilstein
www.beilstein.de

BASALT-PARKours
Hundshof, 35753 Greifenstein
www.basalt-parkours.de/

Naturpark Rhein-Westerwald e.V.
(Alte Tonzeche, Quarzitbruch Weiher)
Augustastraße 7-8, 56564 Neuwied
02631/9566036
www.naturpark-rhein-westerwald.de

Wanderweg „Rund um Oberdreis"
Tourist-Information Puderbacher Land
Hauptstraße 13, 56305 Puderbach
02684/858 160
www.puderbacher-land.de/radwanderweg-rund-um-oberdreis

Restaurant „Haus am See" (Dreifelder Weiher)
Seeburgerstraße 1, 57629 Steinebach an der Wied
02662/7147
www.hausamsee-dreifelderweiher.com

Besucherbergwerk Grube Bindweide und Grubenmuseum
Bindweider Straße 2, 57520 Steinebach an der Sieg
02747/7845
www.bindweide.de

Waldspielplatz Steinen
Seeburger Straße, 56244 Steinen
02662/958339
www.hachenburger-westerwald.de

Raiffeisenhaus Flammersfeld
Raiffeisenstraße 11, 57632 Flammersfeld
Ansprechpartner:
Martina Beer und Cornelia Obenauer
02681/85-193 und -249
www.raiffeisen-gesellschaft.de

Tourist-Information Altenkirchen-Flammersfeld (Herbst-Fashion, Parc de Tarbes)
Rheinstraße 17, 57632 Flammersfeld
02681/85-193 und -249
www.vg-altenkirchen-flammersfeld.de/angebote-aus-der-region/sehenswuerdigkeiten

Panorama-Weg
www.vg-altenkirchen-flammersfeld.de/panoramaweg

Keramikmuseum Westerwald
Deutsche Sammlung für Historische und Zeitgenössische Keramik
Lindenstraße 13, 56203 Höhr-Grenzhausen
02624/946010
www.keramikmuseum.de

Töpfermarkt
Kannenbäckerland-Touristik-Service
Rheinstraße 50, 56235 Ransbach-Baumbach
02623/86500
Landschaftsmuseum
Leipziger Straße 1, 57627 Hachenburg
02662/7456
www.landschaftsmuseum-westerwald.de

Tourist-Information Hachenburg (700-jährige Ausstellung der Stadtgeschichte, Alter Markt, Stadtführung Hachenburg, Sieben-Weiher-Weg)
Perlengasse 2, 57627 Hachenburg
02662/958339
www.hachenburger-westerwald.de

Waldschwimmbad Thalhausermühle (+ Campingplatz)
Thalhauser Straße 9, 57577 Hamm
02682/969789
www.hamm-sieg.de/de/freizeit-tourismus/waldschwimmbad-thalhausermuehle

Raiffeisen-Museum
Raiffeisenstraße 10, 57577 Hamm
02682/969789
www.hamm-sieg.de/hamm/de/Raiffeisenmuseum

Schloss Montabaur
Hotel Schloss Montabaur
Schloss Montabaur, 56410 Montabaur
02602714300
www.hotelschlossmontabaur.de

Stöffelpark
Stöffelstraße, 57647 Enspel
02661/98098010
www.stoeffelpark.de/de

Kletterwald Bad Marienberg GmbH
Wildparkstraße 17a, 56470 Bad Marienberg
0170 467 1883
02661/9808836
www.kletterwald-badmarienberg.de

Gemeinde Breitscheid
Rathausstraße 14, 35767 Breitscheid
www.gemeinde-breitscheid.de
Tourist-Information Breitscheid
02777/913321

Herbstlabyrinth Schauhöhle Breitscheid
www.schauhoehle-breitscheid.de/

Karst- und Höhlenlehrpfad
www.gemeinde-breitscheid.de/tourismus-kultur/kultur-sehenswuerdigkeiten/karst-und-hoehlenlehrpfad

Alpenroder Hütte
Auf dem Gräbersberg, 57642 Alpenrod
02662/943754
www.alpenroder-huette.de

Die Autorin

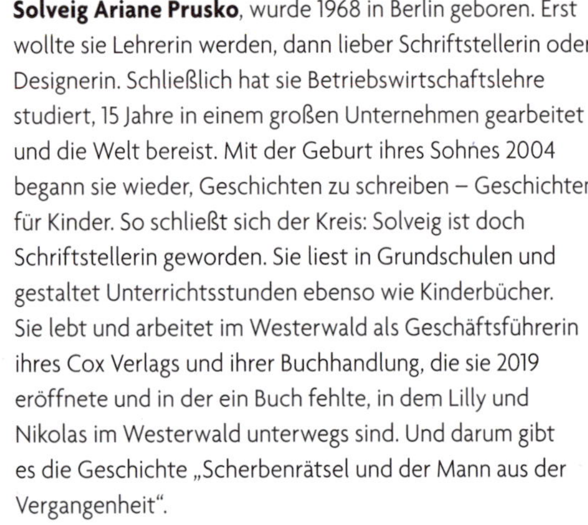

Solveig Ariane Prusko, wurde 1968 in Berlin geboren. Erst wollte sie Lehrerin werden, dann lieber Schriftstellerin oder Designerin. Schließlich hat sie Betriebswirtschaftslehre studiert, 15 Jahre in einem großen Unternehmen gearbeitet und die Welt bereist. Mit der Geburt ihres Sohnes 2004 begann sie wieder, Geschichten zu schreiben – Geschichten für Kinder. So schließt sich der Kreis: Solveig ist doch Schriftstellerin geworden. Sie liest in Grundschulen und gestaltet Unterrichtsstunden ebenso wie Kinderbücher. Sie lebt und arbeitet im Westerwald als Geschäftsführerin ihres Cox Verlags und ihrer Buchhandlung, die sie 2019 eröffnete und in der ein Buch fehlte, in dem Lilly und Nikolas im Westerwald unterwegs sind. Und darum gibt es die Geschichte „Scherbenrätsel und der Mann aus der Vergangenheit“.

Die Illustratorin

Marie Zippel liebte schon von klein auf das Zeichnen und Gestalten. Nach einem Designstudium arbeitete sie zunächst als Produktdesignerin in der Spielwarenbranche. Beim Entwerfen von Spielzeug entdeckte sie ihre Leidenschaft für das Zeichnen wieder neu und begann, Illustrationen für Spiele und Puzzles anzufertigen. Heute ist sie unabhängige Illustratorin, die mit Begeisterung Geschichten zum Leben erweckt und Produkte mit ihren Bildern interessanter machen möchte. Sie lebt und arbeitet im Westerwald.
www.mariezippel-illustration.de